이해한다는 것

이해한다는 것

괜찮다고 했지만 그리 괜찮지 않았던 날의 서사

윤슬

도서출판 담다

작가의 말

이 책의 부제는 '괜찮다고 했지만 그리 괜찮지 않았던 날의 서사'이다. 다시 말해 거대한 흐름 속에서 서사적인 가치를 발견하지 못한 채 사라져 버리는 것들에 대한 위로이다. 우리는 내면의 어떤 것을 추구하거나, 중요하게 다루거나 혹은 회피하는 방식으로 세상이 던진 과제와 마주한다. 어떻게 대처하는 것이 가장 좋은 방식인지 배우지 못한 채 직접 몸으로 부딪치면서 자신만의 원칙을 만들고 수정, 보완해 나가고 있다.

누구나 마음속에는 자신만의 공간이 있다. 그곳을 각자 나름대로 부여한 의미와 가치를 바탕으로 채워나가고 있다. 성장이 즐거움을 통해서만 이뤄질 수 없는 것처럼, 고통, 슬픔과 대면했던 순간들이 어두운 곳, 구석진 곳, 외진 곳에 차곡차곡 쌓이고 있다. 채우는 일에만 너무 열중했던 탓일까, 자리를 배정받지 못한 이름 없는 것들이 창피함을 숨기며 조금씩 예민해지는 것을 미처 눈치채지 못했다. 간혹 그들의 흔적이 궁금해지기도 했지만 조금 게으르고 이기적인 마음은 애써 솟아난 시선을 거두게

했다. 그뿐만이 아니었다. 운이 좋아 이름을 얻었다고는 하지만, 수시로 정체성을 잃어버린 것들은 이름을 얻지 못한 것들과 크게 다르지 않았다. 이처럼 개별적이며 독립적인 공간 속에서 서로가 서로를 향해 공명(共鳴)하는 아이러니한 상황이 지금도 우리의 마음속에서 벌어지고 있다.

『이해한다는 것』은 이런 수수께끼 같은 공간을 재배열하기 위한 시도에서 출발했다. 『이해한다는 것』에서는 직, 간접적인 경험을 통해 알게 된 여러 감정이 주인공이다. 소제목마다 주인공이 다르고, 전달하고 싶은 감정도 다르다. 기승전결의 구조를 가진 것도 있지만, 부분적인 상황을 따로 오려내어 붙여놓은 것도 많다. 말이 되는 것이 있는가 하면, 말이 안 된다고 느껴지는 것도 더러 있을 것이다. 그렇지만 단언하건대 낯선 행동에서 오히려 편안함을 발견할 것이며, 친숙한 상황에서 만나는 낯선 감정이 도리어 당황스럽게 느껴질 것이다. 진실이라고 믿었던 것에 대해 의심의 시선이 생겨나는 시간은 실로 신선한 경험이 될 것이다.

복잡하게 얽혀 있는 관계 속에서 우리는 지금까지의 경험에서 얻은 통계로 예측하며 살아가고 있다. 아는 만큼 살아간다고 해도 그리 틀린 말이 아니다. 그런 관점에서 『이해한다는 것』이 추구하는 방향은 '확장'이다. 함께 살아가지만 자세히 들여다보지 않았던 생각, 미처 발견하지 못한 감정과의 연결을 시도해보려 한다. 미처 알지 못했음을 인식하고, 보이는 것에서 보이지 않는 것으로 서서히 시선을 옮길 수 있도록 돕는 것이 『이해한다는 것』에 숨겨진 메시지이다.

생전 들어보지 못한 음악이라도 자신도 모르게 몸을 흔들며 리듬을 타게 되는 것처럼 『이해한다는 것』을 통해 잠시 다른 공간으로 순간이동 하여 그곳에서 흘러나오는 노랫소리에 몸을 맡겨보았으면 좋겠다. 차분하고 너그러운 상태가 되어 낯선 음악이 건네는 제3의 언어에 귀 기울여보았으면 좋겠다.

당신의 공간을 재구성하는 일에 도움이 되고, 당신을 찾은 모든 것들에게 환대하는 마음이 생겨나는 기회가 될 수 있기를 희망해본다. 누구를 마주하든, 내면에 있는 진실을 궁금해하는 일에 도움이 된다면 더없는 기쁨이 될 것 같다.

2021년 2월
기록디자이너 윤슬

작가의 말

차례

미안합니다

불이 꺼지지 않는 방

딸깍. 주무시는 것을 확인한 후, 불을 껐다.

여전히 많은 부분이 낯설게 느껴진다. 다정다감했던 엄마, 엄마가 아무 말도 없이 소풍을 끝냈다. 어떤 조짐이라도 보였더라면, 어디가 아프다는 얘기라도 했었더라면 상황은 달라졌을까. 급성심근경색. 뉴스에서 간간이 들을 때는 다른 나라 이야기였다. 나와 상관없이 생겨나는 많은 일 중의 하나라고 여겼고, '안됐다'라는 마음이 전부였다. 무슨 배짱인지 모르겠지만 신경을 쓰지 않았고, 그럴 이유도 없어 보였다. 그랬던 어느 날, 전

미안합니다

혀 상관없을 거라고 여겼던 일이 우리를 찾아왔다.

엄마가 돌아가시기 전날 저녁, 아버지와 엄마는 외할
아버지 제사에 다녀오셨다. 다정다감한 편은 아니셨지
만 그렇다고 사이가 아주 나쁜 것도 아니었다. 아버지
가 조금 무뚝뚝한 편에 속한다면, 엄마는 정이 많은 분
이셨다. 아버지는 대부분 '그런가 보다'에서 끝났지만,
엄마의 반응은 달랐다. 무슨 일인지, 어쩌다가 그렇게
되었는지, 그 후에 어떻게 되었는지, 궁금한 것이 많았
다. 가끔은 눈치 없는 모습을 보이기도 했다. 결혼은 커
녕 연애도 제대로 못하고 있었던 우리를 붙잡고 밤새
하소연을 늘어놓은 날이 얼마나 많았는지 모른다.

"무슨 이야기를 하면 맞장구를 해줘야 하는데, 네 아
버지는 그런 게 없잖니?"
"결혼생활에서 제일 중요한 게 대화거든."
"잘 생긴 남편보다 대화를 잘 하는 남편이 제일 좋은
남편이니까. 너희들은 꼭 그런 남자랑 결혼해."
"살아보니까 행복이 별거 아니야. 얘기 잘 들어주고,
맞장구쳐주고, 그러면서 한평생 같이 살아가는 게 행복

이야."

너무 많이 들어서, 너무 자주 얘기해서 적당히 엄마 눈치를 살펴 화제를 다른 것으로 바꿨었다. 하지만 오늘처럼 듣고 싶어도 들을 수 없는 날이 소리 소문 없이 찾아올 줄 알았더라면, 결코 그렇게 하지 않았을 것이다. 엄마와 눈을 맞추면서 끝까지 이야기해보라고, 하고 싶은 말 모두 쏟아내도 된다고, 밤새도록 들어줄 수 있다고, 그렇게 얘기해 주었을 것이다. 그리움 가득한 눈물이 또 쏟아진다.

엄마의 장례식이 끝나고 얼마 되지 않았을 때였다.

침대에 몸을 웅크린 채 혼자 숨죽여 울고 있는 아버지를 발견했다.

"아버지? 아버지… 괜찮으세요?"

"아버지…."

무슨 말이라도 해야 했다. 본래 말수가 없던 아버지는 엄마의 죽음 이후 자물쇠로 잠근 것처럼 입을 굳게 닫으셨다. 아버지가 받은 충격을 어떻게 우리가 저울질할 수 있을까. 갑작스러운 헤어짐, 영원한 이별, '밤새 안녕'이라고 했던가, 잠자리에 함께 누웠다가 혼자만 눈

미안합니다

을 떴다는 사실을 받아들이는 데에 더 많은 시간이 필요해 보였다. 익숙한 세상의 문을 열 동안, 전혀 다른 세상의 문을 열어 버린 엄마를 이해할 수 없다는 태도였다. 아버지는 장례식 동안에는 물론, 장례식이 끝나고도 지금까지 음식을 전혀 입에 대지 못하신다.

"아버지, 아버지, 일어나셔서 조금이라도 드세요."

"아버지 나중에 기력 없어져요. 얼른 이거라도 좀 드세요."

오늘은 어떻게 해서든 조금이라도 식사를 하실 수 있도록 해야겠다는 생각으로 거실에 있는 여동생을 불렀다.

"지희야, 오늘은 꼭 뭐라도 드시게 하자."

엄마가 돌아가신 후에는 주말마다 여동생과 내가 함께 내려와 아버지와 하룻밤을 보내고 간다. 계속 그럴 수는 없겠지만, 당분간 아버지가 몸을 좀 추스를 때까지 주말만이라도 내려오겠다고 남편들에게 양해를 구해놓은 상황이었다.

"진짜 오늘은 몇 숟가락이라도 드시게 하자."

"그러게… 언니 오늘은 조금이라도 드셨으면 좋겠어.

진짜….”

밥상을 가져온 후 지희와 함께 억지로 아버지의 몸을 일으켜 세웠다.

“아버지, 아버지. 조금이라도 드세요. 네?”

“언니하고 저, 우리 생각해서라도 조금만 드세요. 네?”

계속 고개를 숙이고만 계시던 아버지는 조심스럽게 몸을 일으켜 세웠고, 밥상 위로 억지로 손을 올렸다.

“잘 생각하셨어요. 제발 조금이라도 드세요. 한 숟가락이라도.”

쇠고깃국을 한 숟가락 떠서 입으로 가져가는가 싶었다. 하지만 아버지는 이내 숟가락을 도로 내려 놓으셨다.

“내가, 내가 말이다….”

“네….”

“내가, 느거 엄마한테 불 *끄고* 자자고 했어. 내가, 내가 그랬어….”

“…무슨 말씀이세요?”

“아버지….”

“아버지, 엄마 생각 나시죠?”

“그런데 아버지… 엄마가 아버지 이렇게 지내는 거

미안합니다

하늘에서 보시면 많이 속상해하실 것 같아요."

"언니 얘기 들었죠? 그러니까 아버지…."

아버지는 한 손으로 눈물을 훔치더니 천천히 밥상을 밀어 내셨다.

"아니야, 아니야. 그게 아니야."

"아버지. 조금만 드세요…."

"그게 아니라…."

"내가 그랬어… 그만 불 *끄고* 자자고… 내가 불 *끄자*고 하지만 않았어도…."

처음 듣는 이야기가 들려왔다. 엄마가 돌아가신 전날, 그러니까 같이 잠자리에 누웠던 마지막 날, 다시 말해 함께 자리에서 일어나지 못한 날에 관한 얘기였다.

"울 아버지가 나를 자전거에 태워 읍내 곳곳에 데리고 다녔잖아. 자세하게 기억나는 건 아닌데, 그때만 생각하면 기분이 좋아져…."

외할아버지 제사에서 돌아온 날이어서인지 엄마는 부쩍 외할아버지 얘기를 많이 했다고 한다.

"아버지가 나 시집가서 아이가 안 생긴다고 얼마나 걱정하셨는지. 올해 우리 지희한테도 꼭 애기가 생겨야 할 텐데…."

"결혼하고 3년이나 지났는데 왜 소식이 없을까? 지희 얘기로는 이서방도 그렇고 둘 다 문제가 없다고 하던데…."

"그게 인력으로 되는 일이야?"

"요새 수희한테 통 연락이 없네… 지난번에 보니까 수희가 얼굴이 핼쑥해져서… 애가 맘고생이 심한지…."

엄마의 얘기는 끝이 없었다고 한다. 이제 끝나겠구나 싶으면 다른 이야기로 이어졌고, 상관없는 이야기라는 것을 인식하기도 전에 이미 단단하게 연결고리가 만들어져 마치 처음부터 순차적으로 진행되는 것처럼 느껴졌다고 한다. 어떤 이야기를 어디까지 했는지 모르겠지만, 엄마는 조각난 기억을 매만지면서 편안함을 느꼈던 모양이다. 잠결에 들려오는 이야기처럼 엄마의 작은 목소리가 아버지에게는 마치 자장가처럼 느껴졌던 모양이다. 이대로 꿈나라로 가겠구나 할 때였다. 잠결에 전혀 예상하지 못한 행성에 도착했는지, 갑자기 영혼이

미안합니다

몸에서 분리되는 목소리로 아버지를 불렀다고 한다.

"당신…나 만나서 행복했어?"

"갑자기 무슨 뚱딴지같은 소리?"

"당신은 행복했는지 궁금해서…."

"이 사람이 음복도 안 했는데, 취했나… 괜한 소리 말고 얼른 자…."

"사실 울 아버지만 아니었어도 당신하고 결혼 안 했을 텐데…."

"이 사람이… 무슨 말을 하려고…."

"아버지가 자꾸 이만한 사람 없다고 얘기하셔서 그 말만 믿고…."

"거… 참…."

"진짜 그럴까 생각하고 있었는데 정신 차려보니까 결혼식이 끝나 있었어…."

가슴 위로 이불을 끌어올리면서 관심 없는 척하면서도 모든 이야기를 듣고 있던 아버지도 그 부분에서는 작은 웃음이 새어 나오는 것을 겨우 참았다고 하신다.

장인어른.

가진 것이 없어도 이만하면 자식 굶겨 죽게 만들지는 않을 것 같다며 누구보다 든든하게 믿어주었던 장인어른이 그렇게 황망하게 돌아가실 줄은 몰랐다. '이만하면 되었다'라는 말씀에 길지 않은 인생을 통째로 인정받은 느낌이었다.

"장인어른이 사람을 제대로 보신 거지."

피식. 이번에는 엄마가 이불 속에서 작게 웃었다고 한다.

"아주 좋지는 않았는데 괜찮았어. 당신이 내 얘기 조금만 잘 들어주었으면 좋았을 텐데… 나이 들면 사람이 변한다고 하던데… 당신도 변하려나?"

"거… 실없는 소리 그만하고, 얼른 불 끄고 잠이나 자자니까…."

"수희, 지희가 있으니까 그래도 나는 좋았어. 아들 없어서 당신은 별로였지?."

"어허. 자꾸 실없는 소리만…."

"수희하고 지희가 내 얘기 잘 들어줘서 얼마나 고마운지… 당신, 좀 심심했지?"

아무리 해도 얘기가 끝나지 않겠다 싶었는지 자리에서 일어난 아버지가 불을 끄면서 얘기했다고 하셨다.

미안합니다

"글쎄, 알았다니까… 알았으니까, 이제 그만 얼른 잠이나 자자고… 그만하고…."

아버지는 꿈에서도, 단 한 번도 생각하지 못했다고 한다. 엄마와의 마지막을 그런 방식으로 끝낼 거라고는. 무심히 주고받던 이야기가 유언장을 대신하게 될 거라고는. 그렇게 엄마를 떠나보낸 후부터 아버지는 하루 종일 불을 켜놓고 생활하신다. 환한 대낮에도, 햇살이 자취를 감춘 깜깜한 밤에도, 24시간 불을 끄지 못하고 계신다. 지희와 내가 아버지와 함께 보내기 위해 내려온 토요일을 제외하고는.

자신이 불을 끄는 바람에 엄마가 돌아가셨다고 생각하시는 아버지. 마지막 신호를 알아차리지 못한 자신이 원망스럽다는 아버지. 다른 문을 열고 있는 줄도 모르고 얼른 그 문을 열라고 재촉한 사람이 자신이라고 생각하는 아버지. 엄마가 떠난 날, 아버지의 마음에도 불이 꺼졌다.

끝까지 버티는 거 말고

'설마 했는데, 사직서라니…'
 사직서를 꺼내며 식탁에 앉는 남편을 천천히 살펴보고 있다.

 어제, 귀농하여 블루베리 농사를 시작한 지 5년 된 최씨 부부를 만나고 왔다. 정년퇴직이 얼마 남지 않은 공무원 김 씨 부부, 중소기업에 다닌 지 20년 된 박 씨 부부, 그리고 우리 부부까지.
 최 씨 부부까지 포함해 초등학교 부부 모임에서 만나 알고 지낸 세월이 삼십 년을 거뜬히 넘겼다. 집의 숟가락, 젓가락 개수까지는 몰라도 두 끼를 먹고 지낸 시간

미안합니다

이 여러 달 되었다는 것, 어지럼증이 심해 병원을 다니고 있다는 것, 아들에게 사정이 생겨 갑작스럽게 빵집을 운영하게 되었다는 것까지 보이지 않는 선 하나가 서로를 이어주고 있다는 사실에 적잖게 위로받는 사이였다. 최 씨는 블루베리 농사를 하기 전에는 작지만 내실 있는 중소기업을 운영하던 사람이었다. 사업 위기가 몇 차례 찾아왔지만 발바닥에 땀이 찰 때까지 뛰어다니면서 타고난 예의 바름과 성실함으로 어려움을 해결해나가던 사장님이었다.

벌써 5년 전이다. 부부모임에서 영화를 보고 근처 고깃집에서 허기를 달래고 있었다. 분위기가 무르익었을 때, 그러니까 테이블 위로 다섯 번째 소주병이 배달되어 왔을 때, 최 씨가 약간은 정리되지 않은 목소리를 빠르게 쏟아내었다.

"회사 정리하려고…."

"뭐?"

"응?"

"지금… 회사를 정리한다고 했어?"

자잘한 일상을 끌어모으며 분주하던 사람들이 갑자

기 찬물 세례를 받은 것처럼 일순간 조용해지면서 모든
시선이 최 씨에게로 향했다.

"혹시… 어디 아파?"

"아니….."

"아니면?"

"갑자기… 왜?"

표현할 수 있는 적당한 단어가 떠오르지 않는 사정은
비슷했던 모양이다. 방금 비운 술잔을 다시 채우더니
서둘러 마시는 모습, 물티슈로 괜히 테이블을 닦는 모
습, 징그럽다며 손에도 대지 않던 번데기를 입에 넣고
놀라는 모습까지 테이블도 멀미를 하는지 술병이 흔들
리고, 잔이 흔들리고, 마음이 흔들리고 있었다.

"정리하고 시골 가서 농사지으면서 살아보려고….."

"시골?"

"조금… 다르게 살아보고 싶어서….."

"다르게?"

"시골에서 농사?"

"도시에서 나고 자란 사람이 시골?"

"불경기라더니… 하긴 요즘 어렵긴 하지."

"그래도 해 오던 일… 하는 게 낫잖아?"

잠시 두 눈을 감았다가 눈을 뜬 최 씨는 느릿한 동작으로 친구들의 술잔을 하나씩 채워나가면서 말을 이어나갔다.

"지금까지 열심히 살아왔잖아. 아침 일찍부터 밤늦게까지… 그래서 이제라도 더 늦기 전에 해 보고 싶은 거 한번 해보려고… 끝까지 버티는 거 말고…."

"…."

"…."

"비슷한 생각… 나도 해보긴 했지…."

"다 비슷할걸…."

"그래도… 이 나이에…."

"귀농, 귀농했던 사람들… 더 힘들다고 하던데…."

"귀농 3년하고 다시 올라온 사람 있는데, 귀농 절대 만만하게 보면 안 된다고 신신당부하던데…."

"귀농 쉽지 않다는 거 알지. 그래서 지금 해보려고… 더 나이 먹기 전에. 아니면 나중에 계속 후회할 것 같아서… 나중에 관속에 누워서도 후회할 것 같아서. 한번 해보기나 할걸. 그런 얘기 하고 있을 것 같아서. 그게 싫어서 일단… 한번 해보려고….”

“자식들 대학 졸업시키고 장가보내려면 그래도 조금 더 버티는 게 낫지 않을까?”

“큰 아들 요즘 만나는 사람 있다고 했잖아?”

“수완이한테 이야기했어. 집은 못 사줄 것 같고 전세 마련할 때 조금 보탤 줄 수는 있을 것 같다고….”

“수완이는 뭐래?”

“뭐라고 하긴. 알겠다고 그러지….”

“하긴….”

“그런 생각이 드는 거야. 자식들 위해, 가정을 위해 사는 거 말고, 나 위해서도 한번 살아보고 싶다는 생각이 들었어. 일을 안 하겠다는 것도 아니고, 일은 할 거야, 대신 내가 원하는 방식으로 살아보고 싶다는 생각이야. 벌써 몇 년 전부터 계속 생각해온 건데… 아니야, 아니야 하면서 여기까지 왔는데. 한계에 온 것 같아. 좀 적게 먹고, 좀 덜 쓰고, 그렇게 하면 살아지지 않을까. 애들 공부까지는 시켜줬으니까 이제는 그렇게 해도 되지 않을까 싶기도 하고….”

미안합니다

어느 누구도 대꾸하지 못했다. 생각 속에 머물면서 쉽게 밖으로 드러내지 못하는 말이 공기 중에 떠다니고 있었다. 낮은 목소리로 그의 아내가 정적을 깨뜨려준 것이 감사할 뿐이었다. 열어놓은 창문으로 바람이 들어오듯, 여기저기 흩어진 생각을 모아주는 느낌이 시원하기까지 했다.

"실은… 이 사람이 오래전부터 얘기했어요. 육십 넘으면 그때부터는 다르게 살아보고 싶다고…."

"걱정이 안 되는 건 아니지만 그러자고 했어요. 가족을 돌보지 않겠다는 것도 아니고. 좀 여유 있게 생활하기는 어렵겠지만, 그래도 이 사람… 웃는 얼굴 보면서 살고 싶어요. 이 사람 웃는 거 본 게 언제인지…."

"설마… 굶어 죽기야 하겠어요?"

최 씨 부부의 말에 가장 친한 친구였던 남편이 받은 충격은 상당했던 모양이다. 헤어지고 집에 오는 길에 독백인지, 고백인지, 의견을 묻는 건지 알 수 없는 표정으로 계속 내게 질문을 던졌다. 나의 대답이 별로 궁금하지 않은지, 혼자 묻고 혼자 대답하면서 말이다.

"그게… 그러니까…."

"가능할까?"

"그렇게 해도 될까?"

"살 수 있을까?"

"정말 그래도 괜찮을까?"

머릿속이 복잡하기는 나도 마찬가지였다. 대답 대신 연신 고개만 끄덕였다.

'정말 가능할까?'

'귀농? 사업 정리? 오십도 아니고 곧 육십이 코앞인데?'

'자식 결혼시키려면 돈이 더 필요할 텐데….'

'사업을 해서 돈을 많이 벌어 그런가?'

별의별 생각이 다 들면서 머릿속에 구멍이 난 것처럼 계속 헛발짓만 하는 느낌이었다. 어떤 식으로든 엉킨 실타래를 풀고 싶었지만 궁색한 표정으로 남편 뒤를 밟을 뿐이었다. 얼마 후, 정말 최 씨 부부는 어떤 미련도 없는 사람처럼 사업을 정리하고 귀농했다. 이름도 낯선 경북 고령의 어느 마을로. 그러고는 얼마 전부터 친구들 집으로 유기농 블루베리를 보내오고 있다.

남편은 어제 최 씨 부부를 만나러 갈 때만 해도, 그리고 헤어지고 올라올 때까지도 어떤 내색을 보이지 않았다. 며칠 전 예상하지 못한 친구의 부음에 장례식장을 다녀와서도 아무 말이 없었다. 당황해하는 표정이 역력했지만, 안정을 되찾는 모습이었고, 본래 생각이나 감정을 잘 드러내지 않는 성격이라 그러려니, 하고 있었다. 그런 남편이 조용히 사직서를 내밀고 있다.

"여기서 끝까지 버티는 거 말고, 지금부터라도 다르게 살아보고 싶어… 그렇게 살아보고 싶은데… 안 될까?…"

아주 가끔 상상하긴 했었다. 만약, 남편이 최 씨처럼 회사를 그만두고 귀농해서 살자고 얘기하면, 어느 날 갑자기 전혀 생각지도 못했던 일을 하겠다고 이 도시를 떠나자고 말을 건네온다면, 나는 어떤 표정을 짓고 어떤 말을 하고 있을까라고. 하지만 언제나 거기까지 였다. 그런데, 지금 상상 속에서만 존재했던 일이 눈앞에서 펼쳐지고 있다. 큰일이다. 연습도 없이 바로 문제부터 풀게 생겼다.

"그러니까… 어…."

설마 10년 채우기야 하겠니?

"오늘 아침 뉴스 봤지? 어떤 남자가 부모님 살해한 사건?"

"진짜 너무 했지? 그 사람은 사람도 아니야…."

"그렇지? 그러면 안 되는 거잖아? 그렇게 하면 안 되는 거잖아?"

"그럼… 정말 그건 아니지…."

"어떻게 그럴 수가… 그렇게 하면 안 되는 거잖아?"

올해 나이 오십. 다른 사람들이 대충 장가가서 큰 아이가 대학생, 하다못해 고등학생이 되었다는 소리가 들려올 만한 때인데, 남동생에게는 별나라 이야기이다.

미안합니다

어제는 연예인 A씨가 왜 기자회견까지 하면서 억울함을 호소하는 쇼를 하는지 이해가 안 된다고 연락이 왔다. 한 번씩 생각해 보면 같이 술을 마시는 사람이 누구인지 직접 만나보지 못해 알 수는 없지만, 모르긴 몰라도 모두 총각이거나 돌싱이 아닐까라는 상상을 하게 된다. 그렇지 않고서야 어떻게 매일 술자리가 열릴 수 있을까.

남동생에게도 애인이라고 불리던 누군가가 있었다. 곧 결혼할 것 같다며 가족 모두 들떠 좋아했던 시절이 있었다. 인터넷 모임에서 만났다는 그녀는 동생보다 나이가 여덟 살 어렸다. 하지만 나이가 어리다고 해도 서른 다섯이라고 해서, 내심 가족 모두 결혼까지 골인할 수 있을 거라고 기대하고 있었다. 그러나 예상은 보기 좋게 빗나갔다. 남동생은 그녀에게서 이별 통보를 받았고 아무렇지도 않은 말투였지만, 적잖이 충격을 받은 모습이었다. 그때부터였던 것 같다. 야근을 해서 늦게 마친 날, 회식이 새벽까지 이어진 날을 제외하고 매일 전화 통화를 하고 있다.

처음에는 친정엄마에게 전화했던 모양이다. 평소 전화를 하지 않던 남동생의 전화에 무슨 일이 생긴 줄 알고 엄마는 당황했고, 남동생의 전화를 받은 다음 날이면 아침 밥숟가락을 놓기도 전에 나에게 전화를 넣었다.

"민정아. 지후한테서 전화가 왔는데… 어제 뉴스에 불난 거 봤냐고 물어보던데… 아저씨가 홧김에 불을 냈다는 뉴스를 보고 깜짝 놀랐다고 말하면서, 엄마는 그 사람이 이해가 되냐고… 물어보는 거야. 그러니까 그 아저씨가 이해가 되냐고… 그러고 나서 몇 마디 더 하고 전화를 끊는데, 아무래도 할 말이 있어서 전화한 것 같은데 말을 하지 않네… 오늘 네가 전화해서 한번 물어봐… 혹시 요즘 무슨 일 있지 않냐고…."

"지후가? 그래?… 지후가 힘든 일이 있나? 엄마, 너무 걱정 마. 내가 전화해서 한번 물어볼게… 통화하고 다시 전화 줄 테니까 너무 걱정 마세요…."

그날 저녁, 퇴근 시간에 맞춰 남동생에게 전화를 걸었다.

미안합니다

"지후야, 퇴근했어?"

"누나. 오랜만이네?"

"요새 소식이 뜸하길래 궁금해서 전화했지."

"누나도 잘 지내고 있지?"

"그럼, 너는 어때?"

"나? 나야 괜찮지."

"일은 괜찮고?"

"일은 늘 그렇지… 애들 잘 있지? 외삼촌이 보고 싶어 한다고 전해줘."

"그럴게…."

"외삼촌이 용돈도 주고, 한번 가야 되는데…."

"그래, 시간 될 때 한번 놀러 와."

"그럴게…."

"그리고 참… 지후야, 별일은 없고?"

"별일? 별일 있을 게 뭐 있어?"

"그렇지…"

"왜?"

"아니, 그냥… 그냥 궁금해서 물어봤어."

"누나도 참…."

지후와 전화를 끊고 곧장 엄마에게 전화를 하려다가 너무 늦은 것 같아 다음날로 미뤘다. 오전 업무를 마치고 커피 한 잔을 마시면서 전화를 넣었다.

"엄마. 어제 지후랑 통화했어. 별일 없는 것 같던데… 별다른 얘기도 없고….."

"…."

"지후 별일 없다고 하니까, 엄마 너무 걱정하지 마."

"어제 통화했어? 언제?"

"음… 일 마치고 나서니까 10시 30분쯤?"

"… 실은 어제도 전화가 왔는데…."

"어제도? 언제?"

"저녁 먹고 얼마 안 되었지 싶은데… 식사하셨냐고 묻더니, 오늘 아침에 어린이집 차량에서 어린아이 사고 난 거 봤는지 물어보는 거야… 아침에 뉴스 봤다고 했지. 그랬더니 누나 애들 다니는 어린이집 기사는 괜찮은 사람인지 걱정된다는 거야. 아이가 있는지, 내렸는지 잘 확인을 해야 되는데… 나더러 그 운전기사가 이해가 되냐고 묻는 거야…."

"그거? 오늘 아침 뉴스에 나왔던 어린이집 사건?"

"그래… 그 기사의 행동이 이해가 안 된다면서…."

미안합니다

"그… 래?"

"민정아. 아무래도 지후가 그 아가씨랑 헤어지고 충
격을 많이 받은 것 같아… 하루가 멀다 하고 전화 오는
것도 그렇고, 자꾸 이해가 되냐고 묻는 것도 그렇고, 그
아가씨하고 무슨 일이 있었던 모양인데 통 말을 하지
않으니, 엄마가 요즘 밤에 잠이 안 와. 한번 가보려고
하니까 올 필요 없다고 얘기하고…."

"그럴 수도 있겠지. 헤어지고 아직 몇 달 안 됐잖아…
엄마, 내가 조금 더 신경 써볼게. 지후 어떤지 자주 전
화 넣어볼게. 잘 지내는지 안부도 물어보고 그럴게. 특
별한 거 있으면 전화 줄 테니까…."

"알겠으니까… 지후한테 수시로 연락해 보고 얘기해
줘."

"응. 그럴게."

그렇게 시작한 일이 벌써 3년, 정확하게는 엄마의 걱
정을 덜어주기 위해 지후에게 전화를 넣기 시작하고 3
년이 흘렀다. 퇴근 시간에 맞춰 처음에는 내가 전화를
했었다. 오늘 어땠는지 간단하게 소식을 주고받는 것으

로 안부를 물었다. 하지만 하루, 이틀 시간이 흐르면서 얘기는 이어졌고, 언제나 마무리는 그날 뉴스에 올라왔던 사건이었다. 그리고 항상 결론도 똑같았다.

"누나는 이해가 돼?"

세상을 이해로만 살아갈 수 없다는 사실을 주부 경력 10년 차인 내가 모를 리가 있을까. 이해가 안 되는 일이 찾아오기도 하고, 머리에서 발끝까지 가는 길이 가장 멀다는 말을 몸으로 부딪치면서 배운 게 얼마나 많은데. 그런 나와는 달리, 아직 순수한 청년으로 남아있는 남동생에게 세상은 온통 이해 못 할 일로 가득한 모양이었다. 이해하지 못할 세상에 관해 얘기 나눌 사람을 발견한 기쁨 때문인지, 지후는 어딘가에 메모를 해둔 사람처럼 날마다 새로운 사건을 물어왔다. 마르지 않는 샘물이었다. 동반자살을 시도한 젊은 연인에서부터 집에 사직서를 냈다고 말하지 못하고 게임방에 출근하는 중년 남자까지 성별도 나이도 모두 다양했다. 애써 알고 싶지 않은 뉴스, 관심 없는 연예인의 사생활까지 빠짐없이 알려주는 모습에 솔직히 처음에는 어디 몸이 아픈 게 아닐까 걱정했었다. 하지만 기우(杞憂)였다. 레퍼

미안합니다

토리가 조금씩 다를 뿐, 사회면이나 경제면에 올라온 뉴스가 대부분이었다.

지후에게는 말이 필요해 보였다. 정확하게는 자신이 내보낸 말을 맞장구쳐 줄 사람이 필요해 보였다. 의미가 있고 없고를 떠나 이런저런 이야기를 주고받는 시간을 희망하는 것 같았다. 정확하게 설명하기는 어렵지만 그런 과정에서 스스로 살아있는 느낌을 확인하는 것 같았다. '말은 삶의 은유'라는 거창한 메시지에는 포함되지 못하겠지만, 지후 스스로 찾아낸 가장 인간적으로 일과를 마무리하는 절차 같은 느낌이었다. 생각이 거기에 다다르자, 더 이상 지후의 행동이 걱정스럽게 느껴지거나 문제로 다가오지 않았다. 날마다 뉴스를 전해오는 행동을 완벽하게 이해할 수는 없지만, '이해가 안 된다'라는 말로 삶의 연속성을 이어나가려는 모습에 안도감이 느껴졌다면 지나친 억측일까.

하지만 아무리 그렇다고 해도 3년 동안 이어질 거라고는 상상도 못했다. 처음에 1년까지는 괜찮았다. '뭐, 그럴 수도 있지'였다. 하지만 2년, 3년째 접어들면서

'그래도 이건 아닌 것 같은데…'라는 생각이 꿈틀거리기 시작했다. 이 정도면 정말 어디 아픈 게 아닐까, 괜히 엄마 걱정할까 봐 자세한 얘기를 하지 않고 있는데 제대로 얘기를 해줘야 하나, 혼자 걱정이 이만저만이 아니었다. 오늘도 그랬다. 지후와 통화를 끝내고 답답한 마음에 친하게 지내는 언니에게 하소연을 했다. 지금까지의 사정을 모두 알고 있는 언니, 나의 감정 상태를 말로 설명해 줄 수 있는 언니, 위로인지 아닌지 구분할 수 없는 언니의 말이 계속 귓가를 맴돌고 있다.

"외로워서 그러잖아. 그냥 맞장구쳐주면 되잖아? 누나가 도와줄 수 있으면 도와줘… 설마 10년 채우기야 하겠니?"

미안합니다

어떻게 좀 해보세요

　　　　　　　　피곤하다는 그녀에게 가까운
곳으로 드라이브 가자고 얘기한 것은 지난 주말이었다.
제대로 된 연애 한번 못하고 지내다가 한 달 전에 친구
에게 소개를 받았고, 주말 동안 집에서 쉬고 싶다는 그
녀에게 용기 내어 경주로 드라이브를 가자고 했다. 주
말엔 집에서 쉬는 게 제일 좋다고 말하는 그녀에게 차
안에서 가만히 밖을 보면서 풍경을 구경하면 된다고 얘
기했다. 집에서 쉬는 것과 비슷한 느낌일 거라는 말도
잊지 않았다.

경주에 벚꽃이 흩날리는 날, TV에서 두 손을 잡고 걷

는 연인을 볼 때마다 부러웠다. 언제쯤이면 나도 비슷한 모습으로 저 뉴스에 등장할 수 있을까 혼자 상상했었는데, 이번 주말 벚꽃이 절정이라는 소식에 전에 없던 용기가 불끈 솟아올랐다.

"경주 벚꽃 이번 주가 절정이라고 하는데, 같이 가지 않을래요?"

"차도 많고… 사람도 많고… 차에 오래 있고 피곤하지 않을까요?"

어쩌면 이렇게 묻지 않을까 예상했던 질문이었다. 한 번 뽑은 칼을 그대로 칼집에 넣을 수는 없는 일, 마음속으로 준비해 둔 멘트를 아무렇지도 않다는 표정과 함께 보내주었다.

"조금 일찍 출발하면 차가 막히지는 않을 거예요. 갈 때, 올 때 왕복 3시간 정도면 충분할 거예요. 차에 있는 시간보다 왕벚꽃나무 아래를 걷는 시간이 더 많을걸요. 그러니까 신발 편하게 신고 오세요."

"네…."

김밥을 넣은 피크닉 가방에 대한 로망은 입도 뗄 수 없었고, '돗자리는 제가 준비할게요'라는 얘기도 목구멍 속으로 돌돌 말아 넣었다. 그저 어떻게 해서라도 이

41   미안합니다

번에 왕벚꽃나무 사이를 걷는 가족, 연인, 친구들 속에 배경으로 낄 수 있다면 그것으로 충분했다.

"제가 가는 길을 잘 알아요. 그쪽은 차도 안 막히고, 금방 도착할 거예요."

그녀는 별다른 말이 없었고, 내심 성공이라고 생각하며 집으로 돌아왔다.

일요일 아침 경주 가는 길, 서둘러 준비해서인지 도로 사정은 아주 좋았다.

그녀는 음악을 들으면서 몸을 시트 깊숙하게 밀어 넣었다.

"그러니까. 요즘 이 노래가 말이에요…."

"친구 녀석이 해준 얘긴데요…."

확실히 내가 봐도 요즘 좀 헤픈 사람이 된 것 같다. 혼자 주절대는 일도 많아졌다. 그녀의 표정이 조금이라도 어두워질까 봐 개그맨을 자처하며 떠드는 일이 잦아졌다. 숫기도 없고 말이 없어서 늘 걱정이라고 했던 어머니. 지금 내 모습을 보시면 그 말이 쏙 들어갈 텐데… 그녀에게서 돌아오는 아주 짧은 대답에도(예를 들어, "네", "좋네요") 격한 반응을 보이며 고속도로에 진입했다. 하지만 고속도로에 진입하는 길은 상황이 조금 달랐다. 모두 왕벚꽃나무를 보러 나온 모양이었다. 하여간 얼마 후, 거의 제시간에(애초의 시간보다 십여 분 정도 지나긴 했지만) 우리는 왕벚꽃나무 아래에 서 있었다.

흐드러지게 핀 벚꽃길 주변 카페에서 장범준의 〈벚꽃 엔딩〉이 흘러나오고 있었다. 카페에 마주 앉아 서로를 향해 미소를 날리는 모습, 2인용 자전거를 타고 벚꽃나무 아래를 달리는 모습은 영화의 한 장면이었다. 무엇을 하고, 어느 방향으로 가면 좋을지 머릿속에 그림을 그리는 나와 달리 그녀는 별다른 감흥이 없는 눈치였다. 얼마쯤 걸었을까. 조용하게 걷던 그녀가 말을 건네왔다.

"차도 막히는데, 조금 일찍 출발할까요?"

"네?"

"이제 겨우 두 시간밖에 안 되었는데, 벌써 가자고요?"

"네… 좀 걸었더니 피곤해서요."

피곤하다는 얘기에 더 이상 어떤 말도 할 수 없었다. 울음 섞인 목소리가 새어 나올 뻔했다.

'그래도, 그래도 여기까지 왔는데….'

조금 더 있다가 가도 괜찮지 않겠냐고 묻고 싶었지만, 그녀의 표정에서 어떤 대답이 나올지 확신이 없었다.

'오늘만 날이 아니잖아. 다음에… 다음에 또 오면 되 잖아.'

신사처럼 행동해야 했다.

"그럼… 그럴까요?"

돌아오는 차 안에서도 그녀는 말이 없었다. 표정만 봐서는 무슨 생각에 빠져있는지 도무지 알 수 없었다. 보문단지를 빠져나와 고속도로를 향해 출발했다. 말이 없는 그녀.

네, 좋네요, 피곤해서요. 조금 일찍 출발할까요?

그녀에게서 들은 모든 것을 합해도 보문 단지 호숫가 를 걸으면서 내가 혼자 떠든 말보다 적었다. 하지만 그 래도 좋았다. 언젠가 더 친해지면, 서로 조금만 더 특별 해지면 달라지겠지. 그녀는 잘 웃고 얘기도 잘하는 성 격이라고 하니까(친구가 그랬다). 그녀는 내게 김밥이 며 피크닉 가방을 얘기할 것이고, 늦은 시간까지 보문 단지를 걷자고 얘기하겠지. 혼자 이런저런 상상을 하며 씩 웃고 있었다. 문제가 생긴 것은 그때였다.

순간적으로 차에서 힘이 빠져나가고 있다는 느낌이 들었다. 고속도로에 진입하는 차들이 많아지면서 주변이 복잡해지고 있을 시각이었다. 갑자기 연료 경고등을 비롯해 각종 경고등에 불이 켜지면서 속도가 줄어들더니 급기야 도로 한 가운데에 멈춰섰다. 사실 몇 달 전에도 있었던 일이다. 외근을 다녀오는 길이었는데 상황이 지금과 똑같았다. 결국 도로 중간에 비상등을 켜고 보험회사에 출동서비스를 요청했었다. 하지만 고장 원인은 밝혀지지 않았고, 일시적인 현상일 수 있다며 다음에 전체 점검을 받아보라는 얘기만 들었다. 그런데 하필이면 오늘 그런 상황이 또 벌어진 것이다. 그녀가 옆자리에 앉은 오늘.

"어…."

"이게 왜 이러지?"

무슨 상황인지 동그랗게 눈을 뜨고 바라보는 그녀 앞에서 영혼 없는 말이 주절주절 새어 나오고 있었다.

"그러니까… 또… 차에 이상이 생긴 것 같아요. 그러니까… 몇 달 전에도… 외근을 갔다가 오는 길이었는

미안합니다

데… 차가 멈춰서… 그때… 점검을 … 받았는데… 아니, 그러니까… 차가….

"네?"

"특별한 원인을… 찾지 못해서… 그러니까…"

"그래서요?"

"어. 그래서… 잠시만요… 차부터 옆으로 세워볼게요…."

'곧 서겠는데요'라는 그녀의 말이 채 끝나기도 전에 차가 멈춰선 것이다.

이제 겨우 5년, 아직 제 기량을 맘껏 발휘해보지도 못한 나의 애마, 하필이면 오늘 같은 날 말도 안 되는 일을 만든 주인공이 되어버렸다. 조금이라도 이동해보려고 다시 시동을 걸어봤지만 영혼 가출 상태였다.

빵. 빵. 빠앙.

경적소리가 대포 소리처럼 느껴졌다.

빵. 빵. 빠앙.

"어떻게 좀 해보세요…."

빵. 빵. 빠앙.

"네…에… 잠시만요… 그러니까 비상등부터…."

빵. 빵. 빠앙.

"어떻게… 좀… 해보세요."

"보험회사에 전화부터 해야겠어요… 그러니까… 전화번호가 …."

빵. 빵. 빠앙.

하늘에서 계속 대포가 쏟아지고 있었다.

머릿속이 하얘졌고 당황한 손은 핸드폰에서 방황하고 있었다.

"어떻게 좀 해보세요…."

울상이 된 그녀가 다시 나를 보며 얘기했다.

"찾았어요. 잠시만요…."

몸을 더 깊숙하게 밀어 넣은 그녀, 전혀 예상하지 못한 상황은 그녀를 얼어붙게 만들었다. 앵무새처럼 "어떻게 좀 해보세요."라는 말만 반복하고 있을 뿐이었다.

"네, 고객님."

고객센터 직원은 다른 세상을 살고 있었다. 맑고 상냥했고, 청량하기까지 했다. 이쪽에서는 세계 3차 대전이 일어났는데 말이다.

"그러니까. 여기는… 참 제가 지난번에… 아니… 그

미안합니다

러니까 일이 어떻게 되었냐…."

나의 참혹한 사정을 아는지 모르는지, 차분한 목소리
의 주인공은 곧 담당 기사님이 도착할 거라면서 조금만
기다리라고 했다.

10분. 10분이 그렇게 긴 시간인지 몰랐다.

10분이 지나고 있었다. 11분, 12분, 15분.

대포 소리는 새로운 화음을 만들지 못한 채 전력을
다해 터지고 있었다.

빵. 빵. 빵.

그녀가 조심스럽게 입을 떼었다.

"어떻게 좀 해보세요."

"금방… 온다고 했는데…."

순간적으로 도로 가장자리로 보험회사 차량이 진입
하기 위해 애쓰는 모습이 보였다.

'후유… 다행이다….'

그녀가 〈벚꽃엔딩〉을 들을 때마다 나와 다녀온 경주
여행이 떠오르길 바라는 마음으로 마무리 멘트까지 준
비했었다. 어떤 분위기가 좋을지 주변에 정보까지 구해
놓은 상황이었다. 〈벚꽃엔딩〉이 흘러나오는 시간만이라

도, 그 음악을 들을 때마다 그녀의 기억 속에서 주인공이 되고 싶었다. 그런데 일이 요상하게 꼬여버렸다.

'진짜… 이건 아니잖아… 돌아오는 차 안에서 함께 벚꽃엔딩을 듣는 것으로 마무리할 생각이었는데… 이건 했어야 되는데….'

애써 아무렇지도 않은 척, 창밖으로 고개를 돌렸다. 눈물이 나올 뻔한 것을 억지로 참았다. 〈벚꽃엔딩〉은 커녕 '어떻게 좀 해보세요'만 기억나게 생겼다.

똑. 똑. 똑.

"저기… 보험회사 접수하셨죠?"

미안합니다

신은 알고 있었을까?

　　　　　　　　신의 직장이라고 얘기했다.
"한번 올라와서 해 보면 정말 이곳이 꿈의 직장이라는
걸 금방 알게 될 거야."

　처음에는 단순하게 생각했다. 뭐든지 어중간한 내가
그런 곳에 어떻게 취직이 되겠냐며 손사래를 쳤다. 학
창 시절 그리 친하지도 않았던 친구로부터의 갑작스러
운 연락이 의아했지만 그렇다고 이상하게 느껴지지는
않았다. 이름만으로도 한꺼번에 그때의 추억을 소환시
키는 친구들이 이미 합류해 신입 교육을 받고 있다고
했다. 얘기를 나누다가 나를 기억해 낸 친구가 있었고,

부랴부랴 소식을 전하게 되었다고 했다. 며칠 뒤, 늦은 아침을 먹고 취업사이트를 뒤적이고 있을 때였다. 한번 생각해 봤냐는 질문과 팀원들과 함께 불금을 즐기러 간 다는 문자가 왔다. 부러웠다. 무리의 일원으로 함께 불 금을 즐기러 가는 사람이 되고 싶다는 생각이 들었다. 부산에서 태어나고 자란 나에게 서울은 유토피아였으 며, 동경의 대상이었고, 상상 저 너머에 있는 다른 세계 였다. 지금껏 한 번도 부산이라는 궤도를 벗어난 적이 없으니 어쩌면 당연한 일인지도 모르겠다.

한 달쯤 지났을까. 그 친구가 부산에 내려왔다. 동창 모임에서 만난 친구는 완전히 다른 모습이었다. 학창 시절의 그 친구를 얘기하자면 특별할 것이 없는, 나와 비슷한 평균적인 보통의 학생이었다. 하지만 이번에 다 시 만났을 때는 전혀 다른 사람이었다. 흔한 말로 촌놈 의 티가 나지 않았다고 할까. 직장 이야기, 서울 생활, 팀원과의 출장, 사내 연애까지. 잘 차려입은 드라마 주 인공의 생활과 다르지 않았다. 친구의 이야기는 그날 참석했던 모든 아이들의 마음을 흔들어놓았고, 호기심 을 자극하기에 충분했다. 그때 계속 지켜보고 있던 나를 의식했는지 우리를 향해, 정확하게는 나를 바라보며 말을 이어나갔다.

"과장님이 함께 일할 만한 친구가 있는지, 있으면 추천을 하라고 하셔서 내가 준하한테 얘기했었는데, 별로 안 끌리나 봐. 다른 애들은 서로 하겠다고 추천해 달라고 난리인데."

"워~~ 준하, 너 좋겠다. 뭘 그렇게 재고 있어? 아니다. 그러지 말고 나 추천해 줘. 나는 바로 갈 수 있다니까!"

"그게 추천한다고 모두 되는 건 아니고… 과장님께서 몇 가지를 물어보시는데 그때 마침 준하가 생각난 거야. 그랬더니 한번 면접 보고 다시 얘기하자고 하셨거든. 근데 아직 준하가 답을 안 해줘서."

"준하 안 한다고 하면 나한테 이야기해 줘."

"나도…."

"준하가 안 한다고 하면 그다음은 나야… 나라면 고맙다고 벌써 갔을 텐데…."

여기저기 취업전선에 지친 목소리가 하나, 둘 터져 나왔다.

특별한 이야기가 오고 가지는 않았다. 다만 전체적인 분위기가 내가 아주 대단한 자리를 마다하고 있는, 심사숙고하는 인물로 비춰지고 있었고, 혹시라도 그 자리가 내게 오지 않을까 기대하는 눈치였다. 나를 향한 동창들의 부러운 시선을 이렇게 한 몸에 받기는 태어나서 처음이었다. 동시에 표현할 수 없는 어떤 마음 하나가 나를 흔들었다.

'신의 직장이라고 하는데. 이만한 기회가 또 올까? 아무한테나 추천하는 게 아니라고 하는데. 집에서 계속 눈치 보면서 생활하고 있었는데, 이번 기회에… 나도.'

흔들리는 마음을 눈치챘는지, 나를 의식하고 던진 말이었는지 모르겠지만, 결심을 요구하는 어투의 단호함이 테이블 위를 초고속으로 지나갔다.
"안 그래도 이번에 내려가서 다시 애기해본다고 했어. 준하. 너 정말 생각 없어? 아니면 다른 애들 알아보고."
모든 시선이 일제히 나에게로 향했고, 나는 머뭇거리며 조심스럽게 대답했다.

미안합니다

"지원서류 넣은 곳이 몇 군데 있어서 고민이 많았어. 며칠만 시간 줘. 내가 연락할게."

사실 더 진지하게 생각할 것은 없었다. 미친 소리처럼 들리겠지만, 친구들의 부러움과 누구나 추천을 받을 수 있는 게 아니라는 것, 나름의 기준이 있었다는 얘기가 나온 순간 벌써 마음을 결정했었다.

'서울에 가는구나. 서울의 꿈이 실현되는구나. 나를 추천했다는데 마다할 이유가 없지. 가자, 서울로….'

이렇게 마음먹은 후부터 모든 일은 일사천리로 진행되었다. 이틀 뒤 터미널에서 친구를 만났고, 부푼 가슴으로 서울행 버스에 몸을 실었다. 부모님께 서울에 있는 회사에 취직했다는 얘기와 함께 일이 익숙해지면 한번 내려오겠다는 멋진 인사말도 잊지 않았다. 그러니까 이게 두 달 전의 일이다.

이른 아침, 이력서에 사진을 붙여 중소기업에 입사서류를 우편으로 보내고 돌아오는 길이다. 목이 늘어난 티셔츠에 슬리퍼 차림으로 아파트 공원 벤치에 앉았다. 서울에서의 한 달. 뭔가에 홀린 듯한, 설명할 수 없는 한 달을 보냈다. 누구를 원망할 생각도 없고, 딱히 그럴 이유도 없어 보인다. 가만히 생각해 보면 한 번쯤은 거친다는 홍역, 열병 같은 걸 지나온 느낌이다. 서울로 가야 한다고 등을 떠민 사람은 없었다. 그저 나의 선택이었고, 선택에 충실한 행동의 결과였을 뿐이다.

서울행 버스에 올라타고 난 이후부터 친구는 침묵했고, 나는 설렘으로 상황을 이해하기 위해 노력했다. 버스에서 내려 다시 두 번 더 버스를 갈아타고 마지막에 지하철을 탔다. 도착한 곳은 작은 원룸이었고, 문을 열고 들어서는데 수많은 사람이 한꺼번에 눈에 들어왔다. 정확하게 표현하면 나를 닮은, 그러니까 '서울의 꿈을 향해 달려왔어요.' 하고 소리치는 사람들로 가득했다. 짐 보따리를 하나씩 짊어지고는 서로 어디에서 왔는지 묻고 대답하고 있었다. 그제야 친구가 무거운 침묵을 깨고 말을 건넸다.

"여기 같이 있으면 돼. 내일 데리러 올게."
"어?"
"너처럼 처음 올라온 사람들이 있는 곳이야. 내일 데

리러 올 테니까 여기서 기다리면 돼. 돈 있지? 저녁은 요 앞 편의점에서 컵라면 사 먹으면 돼."

"그⋯ 래."

친구는 사라졌고 다음 날 아침 8시, 나와 거기에 있던 다른 사람들을 데리러 다시 나타났다. 부대가 이동하는 것처럼 우리는 행진을 했고, 버스와 지하철을 갈아타 어느 빌딩 앞에 도착했다. 19층까지 엘리베이터를 타고 올라갔다. 교육장 같은 곳이 보였다. 입구에는 덩치 큰 남자 세 명이 우리를 기다리고 있었다. 환대 받는 분위기는 아니었던 것으로 기억한다. 무엇보다 대중적인 느낌이 들지 않았다. 그들이 나눠주는 서류뭉치를 받아 자리에 앉았다. 이미 수십 명, 수백 명이 가득 차있었다.

"우리는 할 수 있다."

"우리는 황금 브로치를 받을 수 있다."

"이자로 월 천만 원, 블랙 다이아몬드가 될 수 있다."

쩌렁쩌렁한 목소리가 빌딩 천장을 뚫을 기세였다. 극적이긴 한데, 전혀 극적으로 느껴지지 않는 분위기, 압도하는 분위기에 기세가 눌리면서도 뭔가 이상한 기분이 느껴졌다. 일이 잘못되고 있다는 느낌이 순간적으로 뇌리를 스쳐갔다.

'이건… 아닌데.'

무엇이든 어중간한 놈이었지만 생존본능은 누구보다 확실했던 것 같다. 아니, 부처님, 예수님, 마리아, 알라신의 힘이었는지도 모르겠다. 온 우주가 나를 내팽개치고 있지 않다는 증거라고, 요즘은 거기까지 생각이 닿아있다.

흥분한 목소리로 친구는 나에게 다가왔고, 함께 동참하게 된 것이 기쁘다며 만족감을 드러냈다.

"어떤 곳인지 알 수 있겠지? 이 정도야! 나 이자만 월 이백 들어와. 너도 할 수 있어."

"어? 어…."

"조금만 노력하면 금방 될 거야…."

"참… 진수는, 진수도 있다면서?"

"진수? 진수는 며칠 전에 그만뒀어. 몸이 아프다고…."

"그래? 형진이는?"

미안합니다

"형진이도… 어제 내려갔어. 아버지가 위독하시다는
연락이 와서…."

"그래…."

더 이상의 대화는 의미가 없어 보였다. 다만 분명한
것은 더 늦기 전에 마음을 전해야겠다는 생각뿐이었다.
그날 저녁, 조심스럽게 말문을 열었다.

"아무래도 나는 어려울 것 같다… 적성에도 안 맞
고…."

"적성?… 해보지도 않고 무슨?"

"아무래도… 힘들 것 같다."

"야! 해보지도 않고 그런 말을? 아까 머리에 검은 모
자 쓴 사람 봤지? 그분 연봉이 자그마치 10억이야. 10
억! 그분도 나처럼 하나도 없었는데, 거기까지 갔다고
했어. 우리 인생도 한 번 피워봐야지. 이만한 직장이 어
디 있어? 노력한 만큼, 아니 그 이상 얻는 곳이야. 꿈의
직장이라고. 같이 생활하면서 천천히 생각해 봐! 진짜
이만한 곳 없어!"

한 달동안 저녁마다 한강에 나갔다. 군대 저리가라

할 정도의 정신교육이 끝나면 한강의 유람선과 치킨이 세트로 따라나왔다. 그때 보았던 불금 사진이 어떻게 연출된 것인지 이해가 가고도 남음이었다. 다행이라고 해야 할까, 어중간한 놈은 늘 어중간하게 일을 했는데, 가끔 어중간함이 큰 일을 만들기도 하는 것 같다. 이 나이 먹도록 아직 인감증명서를 만들어두지 않았다는 행운(?)을 핑계로 다시 친구와 부산으로 내려올 기회를 붙잡았으니 말이다. 그렇게 집으로 돌아온 날, 전화기에서 그 친구의 번호를 지웠다. 당연히 그 친구에게서는 어떤 연락도 없었다.

다시 여기저기 서류를 보내놓고 합격 소식만 눈이 빠지도록 기다리고 있는 요즘이다. 마음 편하게 먹고 천천히 알아봐도 된다는 부모님 말씀이 위로가 되지 않는 것도 사실이다. 몸과 마음이 땅바닥에 달라붙기 직전이다.

아주 가끔, 월 이자 이백만 원이 떠오르기도 하지만, 입구에 서 있던 덩치 큰 세 명이 생각나고, 작은방에서부터 시작된 부대 행렬을 떠올리면 이내 마음이 진정되어 있다. 기회를 놓친 것인지, 운명의 장난이었는지 지

미안합니다

금도 잘 모르겠다. 월 이자 이백만 원을 놓친 것이 실수
였나 싶다가도 그들에게 둘러싸여 있는 모습을 상상하
면 암만 생각해도 잘한 일 같은데, 장담을 못 하겠다. 그
러면서 가끔 궁금해진다.

신은 알고 있었을까?

나는… 어떨까?

두 달 전까지만 해도 함께 가족 모임을 하고, 여행을 다니던 그녀였다.

어느 날 그녀에게서 낯선 문자가 왔다.

"당분간 나 찾지 말아 줘. 내가 연락할 때까지는."

갑작스러운 통보에 당황한 사람은 나뿐만이 아니었다. 그녀를 아는 사람 모두 비슷한 문자를 받았고, 의아해했으며, 조금이라도 다른 소식을 들을 수 있을까 싶어 서로에게 전화를 넣고 있었다.

"무슨 일 있는지 혹시 아는 거 있어?"

"그때 만났을 때 별다른 얘기 없었는데…."

"혹시 그 뒤 연락 온 거 있어?"

미안합니다

"따로 들은 말은 없어?"

절친으로 알려진 나를 통해 어떤 새로운 것을 찾고 싶은 마음은 알겠지만, 답답하기는 마찬가지였다. 나 또한 비슷한 문자를 받은 여러 명 중의 한 명에 불과했으니까. 처음에는 어찌 된 일인지 궁금하기도 하고, 걱정이 되어 계속 연락을 했었다. 문자로, 전화로. 그때마다 그녀는 정확한 온도를 측정할 수 없는 대답을 암호처럼 보내왔다.

"좀 바쁜 일이 있어서."

"신경 쓸 일이 생겨서."

"그냥 좀 혼자 지내고 싶어서."

그녀는 더 깊숙하게 들어오는 것을 일차적으로 차단했고, 자세히 물어보려고 몇 마디 말을 덧붙이면 나중에 얘기하자면서 서둘러 끊었다. 그랬던 그녀를 오늘 만난 것이다.

어딘지 모르게 얼굴이 핼쑥해 보였다. 그렇잖아도 마른 몸매인데, 검은색 티셔츠는 그녀의 몸매를 더욱 도드라지게 만들었다. 몇 번 본 적이 있는 진주 목걸이가 호들갑을 떨지 않고 아는 척 말을 건네는 것이 위로라면 위로였다. 어디서부터 시작해야 할까. 어떻게 말을 걸어야 할까. 고민되지 않을 수 없었다. 순간적으로 '혹시 내가 뭘 실수한 게 아닐까?'라는 질문이 뇌리를 스쳐 갔지만, 지나친 자책이라는 생각으로 잠시 머리를 흔들었다. 그녀의 성격상 어떤 일이 있었는지 먼저 얘기해 줄 것 같지 않았다. 연락하지 말아달라는 사람을 억지로 이곳으로 불려 나오게 만든 터라, 그녀에게 무언가를 기대할 수는 없었다.

"잘 지냈어?"

창밖을 무심하게 바라보던 그녀가 시선을 돌려 나를 바라보았다.

"그럭저럭. 잘 지내고 있지?"

"응…."

"너도?"

"나도…."

"바쁘다는 일은 어떻게 마무리됐어?"

"어? 아… 그 얘기? 뭐… 그래."

"그래… 는 어떻다는 건데?"

미안합니다

"그냥 그래…."

"최수빈! 정말 이러기야?"

"깜짝이야! 왜 갑자기 큰 소리를 치고 그래…."

"정말 이럴 거야? 진짜 나한테도 얘기 안 해 줄 거야?"

수빈과 나는 고등학교 동창이다. 학교 다닐 때는 서로 얼굴만 아는 사이였고, 학교를 졸업하고는 한 번도 만난 적이 없다. 그러다 큰 아이가 초등학교에 입학 후, 학부모 모임에서 다시 만났다. 서로 낯익은 얼굴 같다면서 얘기를 이어나가고 있었는데, 알고 보니 고등학교 동창이었던 것이다. 거기에 일이 잘 되려고 그랬는지, 동창이라는 것, 현재 같은 아파트에 살고 있다는 사실을 알게 되면서 우리는 급속도로 친해졌다. 아이 문제, 가족문제 할 거 없이 지금까지 서로에게 의지하며 지내 왔다.

그런데 갑자기 두 달 전에 말도 안 되는 이상한 통보를 보냈으니, 나로서는 많이 기다렸다고 생각했다. 궁금함을 꾹 참고 지내다 보면 먼저 연락이 올 거라고 기대하고 있었지만, 아무리 봐도 그럴 기미가 없어 보였다. 그래서 '더 이상은 안 되겠다'라는 마음에 점심시간에 맞춰 그녀가 일하고 있는 마트를 찾은 것이다.

"얘기 좀 해 봐!"

"무슨 얘기?"

"그러니까…."

적당한 말이 퍼뜩 떠오르지 않았다. 조금 바쁘다고 얘기한 것을, 신경 쓸 일이 있었다는 말을, 지나치게 과민 반응하는 게 아닐까 멈칫거려졌다.

"아니… 그러니까…."

"…."

"도대체 무슨 일인데?"

"일은 무슨…."

"그러면 갑자기 왜 그러는데…."

"…."

"무슨 일 있지? 무슨 일인데… 답답해 죽겠어…."

"별일 아냐…."

"아니… 그러니까 그 별일 아니라는 게 뭐냐고…."

"일단 뭐라도 좀 마시면서 얘기하자. 난 아이스 아메리카노, 넌 따뜻한 카페라테 맞지?"

미안합니다

"어?.. 어… 그래… 라테."

아주 특별한 경우를 제외하고는 나는 아이스커피를 마시지 않는다. 이렇게 추운 날씨에는 더욱 그렇다. 수빈이도 예전에는 비슷했는데 언제부터인가 아이스커피를 찾기 시작했다. 똑같은 음료를 마신다는 모습에 여러 의미를 부여하는 것이 다소 우습게 들리기도 하겠지만, 희한하게 위로가 되었었다. 물론 이제는 다른 위안거리를 찾게 되었지만. 귀에 익은 차분한 목소리가 들려왔다.

"여기 주문 받아주세요. 따뜻한 카페라테 한 잔, 아이스 아메리카노 한 잔 부탁해요."

완벽하게 다른 공간을 통과하고 있는 음료가 우리 앞으로 배달되었고, 각자의 자리 앞으로 하나씩 옮겨지는 모습을 가만히 지켜보고 있었다. 그녀는 무슨 생각을 하고 있을까, 마음을 알 수 없는 표정을 살피고 있을 때 수빈이 먼저 말문을 열었다.

"따뜻할 때 얼른 마셔. 날씨가 갑자기 많이 추워졌어."

"넌… 안 추워?"

"나? 괜찮아. 요즘 같아서는… 얼음도 씹어먹겠는걸."

차라리 아이스커피를 시키는 게 나을 뻔했다. 기다리다가 숨넘어간다는 말이 딱 이런 상황을 두고 한 말일 것이다. 입 안에서 같은 말이 뱅뱅 돌면서 뭔가 내뱉으려고 하면 카페라테가 자꾸 멈춤 버튼을 눌러댔다. 그런 내 마음을 눈치챘던 걸까. 다행히 수빈은 말하기를 포기하지 않았다.

"좀… 마음이 복잡했어….'

"….'

"그냥… 그랬어….'

"그냥… 그랬겠지만… 걱정 많았어. 무슨 일 생긴 게 아닌가 싶어서….'

"미안… 그런데 뭔가 말하기도 애매해서….'

"그냥 편하게 얘기해봐… 내가… 들어줄게.'

수빈은 말을 쉽게 이어나가지 못했다. 가까스로 말문을 열기는 했지만 가능하면 피하고 싶다는 표정이 역력했다. 하지만 이내 수빈은 입안의 이물질을 뱉어내는 것처럼 허공을 향해 던졌다.

"갱. 년. 기."

"뭐?"

"갱년기….."

"갱. 년. 기?"

"몇 달 동안 생리가 없어 요즘 스트레스를 좀 받고 있나, 생각했었어. 밤에 통 잠을 못 잤었거든….."

"그래서?"

"며칠째 계속 아침에 온몸이 퉁퉁 붓는 게… 아무래도 안 되겠다 싶어 병원에 갔었어. 그때 뿔테안경을 쓴 젊은 의사가 말하잖아. 폐경에 따른 갱년기 증상이라고….."

"폐경? 갱년기? 누구? 너?"

"그래… 나….."

"다른 사람이라면 몰라도… 너는….."

"그렇지?… 나도 내가 갱년기 진단을 받을 거라고는 생각도 못 했어… 진짜….."

"놀… 랐겠다….."

"진짜… 놀랐어. 설마설마했거든….."

"병원에서는 뭐라고 얘기해?"

"뭐라고 하긴… 호르몬 치료하면 된다면서, 유산소

운동하라고 하고, 먹는 거 좀 가려서 먹으라고 말하고. 대충 그래. 우리가 아는 만큼 얘기해 줘… 하여간 그때부터 좀 그래. 기분이 엎치락 뒤치락해. 괜찮다가 갑자기 우울해졌다가… 그런데 거기에 애 아빠가 요즘 당신 갱년기야?라고 한 번씩 웃으면서 얘기하는데, 눈물 나오는 거 억지로 참고 있어… 뭐지? 싶은 게… 이해 안 되지?"

"이해 안 되기는…."

수빈과 갱년기 사이에는 어떤 설명이 필요했다. 누구보다 긍정적인 그녀, 인색하지 않으면서 호의적인 태도가 매력적인 그녀, 잠시 기가 죽는 모습이 보이다가도 이내 바지에 묻은 진흙을 털어내며 몸을 움직이는 그녀와 갱년기를 연결해 줄 무언가가 필요했다. 하지만 아무리 생각해도 떠오르는 것이 없었다. 형체를 알 수 없는 딱딱한 무언가가 가슴에 달라붙은 느낌이었다.

"다행히… 조금씩 나아지고 있어."

"시간이 걸린다고 하잖아… 조금 지나면 금방 괜찮아지겠지…."

"그렇겠지. 그런데 그 말도 이젠 믿지 않아…."

"응?"

"금방 괜찮아지겠지라는 말. 너무 밋밋해. 맛을 전혀 느낄 수 없다고 할까?"

"…."

"식상한 느낌이 드는 거 있지? 위로가 전혀 위로되지 않는 느낌… 무슨 말인지 모르겠지?"

"잘… 모르겠어."

"더 웃긴 얘기 해줄까? 갱년기 얘기 듣고 나서부터 갑자기 내가 쓸모없는 사람처럼 느껴지는 거 있지? 기능을 상실한 것 같은. 웃기지?"

"웃기긴… 하나도 안 웃겨."

"더 이상 여자가 아니고… 사람도 아닌 것 같고…."

"수빈아…."

"아니, 처음부터 사람도 아니었는지도 몰라. 집안일 하는, 애들 밥 챙겨주는 사람?"

"무슨 말을 그렇게까지…."

"나도 모르겠어. 하여간 그랬어… 누굴 만나는 것도, 같이 얘기하는 것도 귀찮았어. 아니, 불편했어. 무슨 얘기를 해야 한다는 게… 이게 전부야… 진짜…."

"그랬…구나."

"아직 남편한테는 얘기 안 했어. 얘기하기 싫어. 뭘 잘못한 것은 없는데 말하기 어려운 느낌, 나도… 뭐가 뭔지 모르겠어."

"힘들…었겠…다."

"이렇게 추운 날, 아이스를 마시면서 시원하다는 말을 계속 내뱉게 될 거라고는 생각도 못 했어. 요즘 내가 나를 보면, 진짜 내가 맞나? 싶어. 나가는 것도 싫고, 사람 만나는 것도 귀찮고 그러니까 계속 집에만 있게 되고… 요즘 좀… 그래."

"수빈아…."

"벌써 시간이 이렇게 됐네. 일어서야겠다. 조금이라도 늦으면 야단이거든…."

"어? 그래, 가자…."

무슨 말이라도 해주고 싶었고, 어떤 마음이라도 나누고 싶었다. 하지만 더 이상 어떤 이야기도 나누지 못한 채 일어서야 했다. 고스란히 수빈의 몫으로 남겨놓고 되돌아왔다. 갱년기, 처음 듣는 얘기가 아니다. 여자라면 누구나 겪는 일이라고, 호르몬 치료하면서 마음을 편하게 먹으면 되는 일이라고, 어떤 사람은 갱년기인지도 모른 채 지나갔다고도 했다. 운동 열심히 하면서 먹는 것에 조금만 신경 쓰면 괜찮아진다는 말도 들었다. 하지만 아무 소용 없었다. 머릿속에 주워 놓았던 것들이 단 하나의 의미도 부여받지 못한 채 윙윙거리는 소리와 함께 유령처럼 떠돌아다녔다.

내가 아는 것을 이미 수빈은 모두 알고 있을 것이다. 더 많이, 자세하게 알고 있을 것이다. 몰라서 힘든 건 아닐 테니까 말이다. 알고 있다고 해서 쉬워지는 것도 아닌 것 같다. 수빈과 헤어져 집으로 돌아오는 내내 머릿속이 복잡했다. 갱년기, 지금껏 나와 상관없는 일이라고 여기며 살아왔다. 그런데, 오늘 처음으로 의문이 생겼다.

'갱년기… 나는… 어떨까?'

아무도 모르는

겹벚꽃이 만개했다는 기사에
다시 한번 문자를 넣었다.

"오늘 겹벚꽃이 절정이래."

"10시 버스터미널. 도착했어?"

"지금 가고 있음. 5분 남았음."

굳이 버스를 고집했다. 각기 다른 곳으로 대학 진학
을 하면서 우리 삼총사는 어쩔 수 없이 이별했다. 하지
만 몸은 떨어져 있어도 마음만큼은 변하지 말자고 학교
앞 호프집에서 결의했고, 오랜만에 벚꽃 구경을 함께
하는 것으로 우정을 다지기로 했다. 그동안 어떻게 변
했을지 궁금함이 가득했다. 문자를 주고받으면서 소식

미안합니다

을 주고받았다고는 하지만, 얼굴 맞대고 얘기 나누는 것과 비할 수는 없었다.

원래도 치마를 좋아했지만, 하얀 원피스를 입고 온 미희. 청바지에 티셔츠를 걸치고 온 진영이, 그리고 나까지 우리 셋은 버스에 올라타자마자 마음속에 담아두었던 말을 누가 먼저랄 것도 없이 쏟아내기 시작했다.

"그러니까, 전에 얘기한 선배 있잖아?"

"어제 사진 보여줬던 선배 얘기하는 거지?"

"완전 조각이던데?"

"그 선배 여자 친구 있다면서?"

"내 말이… 그러니까…."

"몰랐던 거야?"

"얼마나 완벽했는지… 지영 선배라고 사귄 지 벌써 2년이 넘었다는 거야."

"아!"

"어떻게 해?"

"어떻게 하긴… 원래 첫사랑은 이뤄지지 않는 거라잖아."

"하긴. 그래서 첫사랑이 오래 기억된다고 했어."

"내 말이!"

올해 나이 스물, 스물에게는 버스를 구름 위로 날게 만드는 힘이 있다. 벚꽃은 꽃망울을 터뜨리고, 흩어지는 꽃잎 사이로 갓 피어난 연분홍은 가로수를 흔들어놓았고, 가로수는 버스가 하늘 높이 오를 수 있도록 부채질하고 있었다. 조금 이른 시간, 버스에는 사람이 거의 없었다. 맨 뒤에 나란히 앉은 우리, 두 칸 정도 떨어진 앞 좌석에 혼자 앉은 남자 한 명은 모자를 푹 눌러 쓰고 있어 자세하게 볼 수는 없었지만 얼핏 봤을 때는 대학생쯤으로 보였다. 그리고 맨 앞쪽에 등산 모임에서 나왔는지 똑같은 컬러의 모자를 쓴 아저씨 넷, 중간쯤에 혼자 앉은 할머니가 전부였다. 무엇보다 희한한 것은 사전에 계획이라도 한 것처럼 모두 불국사 역에서 내렸다는 사실이다. 하지만 거기까지였다. 각자 자신들의 방향으로 몸을 움직였고, 우리 역시 주변을 의식하지 않은 채 큰 목소리로 떠들면서 도로를 따라 걸어 올라갔다. 주말이라 그런지 불국사는 입구부터 북적거렸다.

황홀한 빛이 햇살 속에서 하늘거렸고, 스물의 아침이

미안합니다

영원히 빛날 것처럼 반짝거리고 있었다. 사진을 좋아하는 미희 덕분에 좋은 사진을 제법 건졌다. 사진 초보인 진영이나 내가 찍으면 늘 2퍼센트 부족한 느낌이 드는데, 미희가 찍으면 군말 없이 오케이였다.

"역시 미희!"

"아직 쓸만하지?"

"여전해!"

"내가 찍기는 좀 찍잖아?"

"그래, 사진도 잘 찍고 사람도 잘 찍고…."

"미희가 찍기에는 솜씨가 있지!"

"흑. 아니야. 이번엔… 실패야. 아, 나의 첫사랑…."

"앗. 미안…."

"농담이야. 농담. 아픈 만큼 성숙한다잖아. 나 성숙해지겠지?"

"엄청 성숙해질 거야!"

"그렇겠지? 나 키도 성숙해야 되는데…."

"키?"

"그 여자 선배 좀 크거든. 아무래도 이번에 키에서 밀린 것 같아."

"진짜?"

"말이 그렇다고…. (웃음)"

위로라고 할 수 없는 말과 실연을 당한 것 같지 않은 사람의 말이 앞서거니 뒤서거니 장난을 치고 있었다. 딱히 크게 고민하지도 않았으면서 당장 키를 크게 만들 수 있는 방법이 있으면 찾아 나설 기세였다. 유쾌함은 우리를 에워싸고 있었고 만개한 겹벚꽃은 그런 우리를 따뜻해진 시선으로 내려다보고 있었다. 그때였다.

"얘들아. 잠깐만…."

"응?"

"이 남자 아까 버스에서 봤던 사람이지?"

찍은 사진을 넘겨보면서 불필요한 사진을 지우던 진영이 뭔가를 발견한 모양이었다.

"누구?"

"이 사람, 여기 대웅전 옆 통로 나무 밑에 앉아 있는 사람."

"잠깐…"

"여기 파란 모자 쓴 사람 말이지?"

"아까 버스에서 내릴 때 파란 모자에 파란 신발이라

미안합니다

고 우리끼리 웃었잖아."

"맞아."

"그 사람이네."

"숙여서 뭘 하고 있는 것 같은데?"

"뭐 하고 있지? 나무 밑에서?"

"그러니까… 내 말이."

"괜히 신경 쓰지 말자. 그냥 조금만 더 둘러보고 카페
가자."

"그럴까?"

"난 오늘은 자몽에이드!"

"난 망고 스무디!"

"난 아이스 카페라테!"

카페를 간다는 생각만으로도 달아오른 몸의 열기가
식는 느낌이었다.

"근데 있잖아. 궁금하지 않아?"

"뭐?"

"아까 그 사람 거기서 뭐 했을까? 바로 요 옆인데 우
리 살짝 둘러서 가볼까?"

"진영아…."

"딱히 궁금한 건 아니지만…."

"아무것도 모르는 것처럼 쓱 지나가면 되지 않을까?"

궁금한 것을 참지 못하는 진영의 호기심이 발동되는 순간이었다.

"또, 또 호기심 발동한다…."

"진영아! 진영아…."

애초부터 우리의 반응을 예상했었는지, 벌써 저만치 앞서 걸어가는 진영이.

진영이 호기심은 누구도 못 말린다. 고등학교 자율학습 시간에 체육 선생님이 숨어서 담배를 피우는 것 같다며 탐정이 된 것처럼 따라가 보자고 했었다. 그 일이 이상하게 꼬여 다음날 교장선생님은 남자 선생님을 단체로 불러 모았고, 한 시간가량 훈계가 있었다. 그 일이 있은 후부터 모든 남자 선생님들의 시선이 우리를 향했고 특히 체육 선생님은 우리를 예의주시하는 눈빛이었다. 우리도 사정은 다르지 않았다. 어디선가 체육 선생님과 비슷한 목소리만 들려오면 줄행랑을 쳤다. 그런 일이 한두 번이 아니었는데 매번 선두에 진영이 있었다. 친구의 못 말리는 호기심 덕분에 여러 번 고생했는데도 불구하고, 정신 차리고 보면 어느새 어깨를 나란히 하고 있었다. 확실히 진영은 사고를 잘 친다. 그런 진영에게 '그게 너의 매력이야'라고 호기심을 부추긴 사람이 우리였으니, 삼총사라는 이름이 부끄럽지 않으려면 공범자를 자처해야 했다. 어찌 되었건 오늘도 우리는 공범자가 되어가고 있었다.

"괜찮겠지?"

"무슨 일 있겠어? 그냥 슬쩍 지나가면서 볼 건데."

"그렇겠지?"

"그래!"

"우리 탐정 같지 않아?"

"체육 선생님 몰래 따라갔던 날처럼?"

옛 추억에 잠겨 체육 선생님과 재회하기 직전이었다.

"그런데… 설마 아직도 거기 있는 건 아니겠지?"

"그치? 벌써 30분이나 지났잖아?"

의아해하면서도 탐정 기분을 벗고 싶지 않았는지 대웅전 옆 통로 쪽으로 진영을 따라 걸었다. 하지만 우리 둘의 예상은 보기 좋게 빗나갔다. 파란 모자는 똑같은 자세로 망부석이 되어 나무 밑에 앉아 있었다.

"아직… 있는데?"

"그냥… 가자."

"여기까지 왔는데… 모르는 척 쓱 지나면 모를 거야."

"진영아…."

"괜한 오해 만들지 말고… 그냥 가자."

"궁금하잖아… 너희는 같이 지나가기만 해. 내가 슬쩍 볼 테니까."

"진영아…."

'이번에는 꼭 설득해야지' 다짐했었지만 결국 그림자가 되어 진영의 뒤를 따랐다. 얼마쯤 걸어갔을까. 낮은 신음소리가 들리는가 싶었는데, 몇 걸음 앞서 걷던 진영이 몸을 돌려 우리를 향해왔다.

"가자!"

"응?"

"가자. 얼른."

상황을 전혀 알지 못하는 미희와 나를 진영이 잡아당겼다.

"가자. 얼른."

"어?"

미안합니다

"어…."

조용히 하라는 시늉을 하면서 진영은 우리를 이끌었고, 영문도 모른 채 끌려 나온 우리는 일주문이 내려다보이는 벤치에 앉았다.

"진영아. 왜 그래?"

"궁금해… 무슨 일인데?"

"도대체 뭘 본 거야?"

"진심 강아지 장례."

"응?"

"뭐?"

"진심 강아지 장례. 파란 남자 옆에 진심 강아지 장례라고 적힌 상자가 있었어."

"진… 심… 강아지 장례?"

"진심 강아지 장례… 잠깐만, 진영아! 작년에 네 강아지…."

갑자기 생각난 미희가 소리쳤다.

"그래."

작년에 대입 시험도 시험이었지만, 진영은 함께 살던

강아지가 죽어 많이 힘들어했다. 사람처럼 몸에 암이 퍼져 걸을 수도, 먹을 수도 없게 된 강아지. 결국 진영의 부모님은 안락사를 결정했고, 진영이 학교에 가고 없을 때 화장시켜 장례까지 마쳤다고 전해 들었다. 뒤늦게 학원에서 그 사실을 알게 된 진영은 집으로 달려갔고, 울면서 달려가는 진영의 뒤에는 미희와 내가 있었다. 그날 밤, 진영은 어디에서 장례를 치렀는지 알아냈고, 혼자 가겠다는 진영을 걱정하며 따라가서는 문 앞에서 셋이 엉엉 울다가 돌아온 기억이 아직도 생생하다. 한동안 진영은 충격에서 벗어나지 못했었는데, 기억력 좋은 미희가 듣자마자 이름을 기억해 낸 것이다. 진심 강아지 장례.

"진영아…."
"저 사람은… 잘 보내줬겠지?"
"응?"
"끝까지 있어줬겠지?"
"응? 어…."
"저 사람… 울 곳이 필요했을 거야."
"응?"

미안합니다

"나도… 그랬어. 나도 울 곳이 필요했거든…."

더 이상 어떤 말도 할 수 없었다. 몇 걸음 앞서 말없이 걸어가는 진영을 가만히 지켜볼 뿐이었다. 걸음을 멈춘 진영이 하늘을 올려다보고 있었다. 한층 깊어진 햇볕이 속살을 감추려는 듯 그림자 속으로 숨어들고 있었다. 하늘을 가득 메운 겹벚꽃이 빛 바랜 풍경처럼 물러서고 있었다. 진영의 모습이 낯설었다. 5월의 벚꽃이 애달프게 느껴지긴 처음이었다.

혼자 살 수 있을까?

두 아이와 함께 근처 공원을 찾아가는 길이다. 10월의 마지막 날을 그냥 보내면 안 된다는, 말도 안 되는 핑계로 학원을 마치고 나온 두 아이를 차에 태웠다. 처음부터 공원을 목적지로 정한 것은 아니었다. 무엇이라도 해야 되겠다는 생각을 했고, 은희는 자신의 결정을 이성적인 판단의 결과로 정당화시킬 시간이 필요했다.

남편과의 다툼은 어머님이 요양병원에 입원하면서부터였다. 결혼한 자식 모두 맞벌이를 하고 있는 상황을 누구보다 잘 알고 계셨던 어머님은 당신의 뜻을 분

미안합니다

명하고 명확하게 밝히셨다.

"나는 너희들에게 짐이 되고 싶지 않다. 혹시 내가 아프게 되면 요양병원에 보내면 된다. 자식들에게 짐이 되는 건 원하지 않는 일이다."

앞으로의 일에 대해 누구 하나 장담하지 못하면서도 그날 은희를 포함해 남편 민수, 그리고 다른 형제들은 입을 모아 얘기했다.

"아니, 어머니, 무슨 그런 말씀을⋯."

"저희가 있으니 걱정 마세요!"

"어머님은 저희가 모실게요. 그런 걱정 마세요!"

자식들의 말에 어머님은 깊은 정을 느끼셨는지 눈시울이 붉어졌고, 모두 함께 어머님을 위로하는 화기애애한 분위기로 마무리되었다. 하지만 농담 반, 진담 반으로 오갔던 말은 현실이 되었고, 결국 어머님은 요양병원에 입원하시게 되었다. 하지만 상황이 이렇게 진전되는 동안, 누구 하나 나서는 사람이 없었다. 모두 이유는 있었다. 집에 고1, 고3 아들을 둔 형님, 미국에 출장 가있는 막내. 분위기는 묘하게 흘렀고 어머님을 보살피는 일은 가장 가까이에 살고 있는 은희와 민수에게로 자연스럽게 넘어왔다. 보다 정확하게 표현하면 은희에게 떨어졌다는 말이 옳을 것이다. 아이들이 어려 오전 4시간만 파트 타임으로 일하는 은희는 어머님이 머물 요양병원을 알아보는 일에서부터 간병까지, 모든 시간과 조건에 최적화된 인물이었다.

　'어쩌면'이라고 예상했던 부분이었다. 조금만 단순하게 생각하면 거기까지는 괜찮다고 받아들일 수 있는 상황이었다. 하지만 심술궂은 바람은 잦아들 줄 몰랐다. 문제는 그다음이었다. 진료비, 병실료, 간병비. 미래를 예측하고 준비해놓은 것이 없었다. 서로 마주 보면서 진지하게 방향을 의논할 여건도 되지 못했다. 그저 은희가 일련의 상황을 요약해서 전달해 주고, 어떤 문제를 해결해야 할지 알려주면(특히 금전적인 문제에 대해) 민수가 형님과 동생에게 전화를 넣는 방식이었다. 그리고 다음 날 어느 쪽에서든 통장으로 돈이 입금되면 민수는 대상이 누구인지 정확하게 알 수 없는 상태로 고마움을 건넸고, 은희 역시 자신처럼 동조해주기를 바랐다. '자기도 전화 한통 드리는 게 낫지 않을까' 라는 출처가 모호한 눈빛을 보내면서 말이다. 모든 것이 일상이 되는 것은 순식간이었다. 석 달쯤 흘렀을까, 은희는 민수에게 속마음을 털어놓았다.

"왜 우리가 고마워해야 해?"
"왜 내가 형님과 동서에게 고맙다고 해야 해?"
"왜 나만 이렇게 바쁘게 뛰어다녀야 해?"
"왜 나에게 고맙다고 말하는 사람은 없어?"

갑작스러운 은희의 행동에 굳은 표정의 민수는 어떤 대답도 내놓지 못했고, 은희 역시 이대로 물러설 수 없다는 생각으로 형님과 동생에게 의논해보라고 했다. 그 후 은희는 몇 마디 더 보탰지만, 돌아오는 대답은 어제, 그리고 한 달 전과 다르지 않았다.

"형님 집에 고등학생이 둘이잖아. 돈이 많이 들 때잖아. 형수님도 애들 챙긴다고 바쁘시고. 형님도 미안하다고 했어…."

"막내 도련님은 돈 많이 벌잖아? 왜 우리가 전화해서 부탁하는 식으로 계속 일을 만들어 가는 거야? 먼저 전화하고 물어볼 수도 있잖아?"

"민식이하고 시간 맞춰 전화하는 것도 쉽지 않아. 돈

을 많이 번다고 해도 미국이 얼마나 물가가 비싼지 당신은 모를 거야. 민식이 많이 힘든 것 같았어."

"그렇지? 매번 그런 식이지. 모두 힘들어. 나만 안 힘들고. 그치? 매번 나만 나쁜 사람으로 끝나. 그치?"

"아니… 무슨 말을 그렇게 해? 그게 아닌 거 알잖아?"

"알기는 뭘? 내가 뭘 안다고 자꾸 나한테만 그렇게 얘기하는데?"

"왜 그래? 괜찮은 것 같더니 왜 또 그러는 거야?"

"괜찮은 것 같다고? 아·· 네… 네…"

은희의 비아냥거리는 목소리에 민수가 처음부터 격한 반응을 보인 것은 아니었다. 하지만 횟수가 늘어나고 은희 특유의 "네~"라는 말투에 비음과 고음이 제멋대로 섞이기 시작하면서 민수의 반격도 시작되었다.

"고생할 수도 있지! 안 그래? 예전에 장모님 아플 때 우리가 병원비 냈잖아. 간병했던 사람이 당신이랑 나밖에 없었잖아? 그렇잖아?"

"언제 이야기를 아직 계속하는 거야?"

"얘기하자면 그렇다는 거지… 그냥 좀 해주면 안 돼? 내 마음 좀 편하게 해주면 안 돼?"

미안합니다

"그렇게 해주고 싶어. 그런데, 당신 마음만 마음이야? 당신 마음 편하게 한다고 해. 그러면 나는? 내 마음은 누가 편하게 해 주는데? 한 명이 없어. 단 한 명이…."

시댁에 온 첫날, 곱게 차려입은 아나운서 형님이 자신을 아랫사람 바라보듯 쳐다볼 때, 아주버님의 선한 인상과 다르게 원인을 알 수 없는 불안감이 온종일 은희를 따라다녔다. 막내 도련님이 해외로 나가게 되었다면서 어머님에게 소식 전하러 왔을 때, 진분홍빛의 립스틱을 바른 동서의 입가로 미소가 옅게 번지는 것을 은희의 섬세한 촉수는 아직까지 기억에서 지우지 않았다. 은희는 기억 속에서 사라지지 않는 어떤 장면들 속에서 자신의 위치를 어디에 둬야 하는지를 찾아 스스로 기어들어갔다. '그래, 여기가 내가 있어야 할 곳이지. 여기가 내 집이지'라며 합리화시켰다. 자신의 자리를 부정하지 않는 방식으로 버텨온 은희였다. 하지만 시간이 흐를수록 부정하는 일이 힘들어지고 있다. 회피하는 일이 자신을 괴롭히는 조건이 되어 복잡한 함수관계를 만들어내고 있었다. 돈을 보내오는 일이 늦춰지거나 놓치는 일은 종종 생겨났고, 그때마다 민수에게 은희는 큰 소리치는 입장이 되었지만 스스로 비루해지는 느낌을 지울 수 없었다. 어제도 사정은 비슷했다.

"알겠어. 내가, 내가 형님에게 전화해 볼게. 민식이한테도 새벽에…."

언제 끝날지 모르는 전쟁, 아군과 적군이 구분되지 않는 전쟁의 한복판에 서 있는 기분이다. 주말을 지나봐야 무슨 소식이 있을 것 같다. 아파트 대출금을 갚아야 하는데, 먼저 병원비부터 입금을 해줄까, 간병인 아주머니에 미리 양해를 구해놨으니 기다려주시겠지, 다음 주에는 어디서든 입금이 되겠지, 형체 없는 두려움이 뜬구름처럼 이곳저곳을 쑤셔대고 있다. 모든 사정을 알고 있으면서도 강 건너에서 불구경하듯 느긋하게 바라보는 민수가 원망스러울 뿐이다.

'어떻게 한 달도 쉽게 지나가는 날이 없어. 어떻게 된 일이….'

저 멀리 공원 입구가 보이기 시작했다. 머리를 짓누르는 고통에서 벗어나고 싶다는 마음에 출발은 했지만,

미안합니다

어떤 힘도 지니지 못한 어정쩡한 말이 깊은 한숨 소리
에 놀라 주춤거렸다.

'혼자 살 수 있을까…'

감사합니다

모든 걸 잘할 순 없어

어제 오랜만에 전체 회식이 있었다. 전 직원이라고 해야 다섯 명밖에 안 되는 우리를 모아놓고 사장님은 조심스럽게 말문을 열었다. 창밖으로 해가 뉘엿뉘엿 넘어가고 있었고 테이블 위로 길게 늘어진 그림자는 물러서지 않겠다는 듯 버티고 있었다.

"여러분에게 면목이 없습니다. 분위기가 좀 바뀔 것 같습니다."

'분위기가 바뀐다'라는 말이 곧 '사장이 바뀔 것이다'라는 것과 동의어라는 것을 우리는 경험으로 알고 있다. 이미 5년 전에 한번 겪었으니까. 지금의 사장님도 '분위기가 바뀔 것 같습니다'라는 말과 함께 나타났다.

감사합니다

그때와 조금 다른 것이 있다면, 예전에는 제대로 상황을 파악하지 못한 어리숙함으로 연거푸 확인하는 실수를 범했다면, 어제는 유난스럽게 대처하지 않았다는 것이다. 빛나는 말이 오갈 수 있는 자리가 아니라는 것을 서로 너무 잘 알고 있었다.

5년 전, 그날도 회식 자리였다.

어느 정도 허기진 배를 채웠을 때, 차분한 목소리의 사장님이 벽에 기대었던 몸을 곧추세우며 굳게 다물었던 입을 열었다.

"여러분에게 면목이 없습니다."

"…."

"정말 면목이 없습니다."

"무슨 말씀을…."

"사장님… 고생 많으십니다…."

"요즘… 힘드실 텐데, 회식까지…."

"저희도… 열심히…."

"정말… 면목이 없습니다… 미안합니다."

"아닙니다…."

"그런 말씀 마십시오. 저희도… 힘내겠습니다."

어떻게 해야 할지 모르는 것은 사장님이든, 우리든 다르지 않았다. 적당히 잘 익은 삼겹살로 향했던 시선이 일제히 빈 소주잔으로 향하고 있었다.

"죄송한 얘기… 전하게 되었습니다. 분위기가 좀… 바뀔 것 같습니다."

"분위기가 바뀌다니… 무슨?"

"….."

"무슨 말씀이신지?"

"말 그대로입니다. 회사 분위기가 좀… 바뀔 것 같습니다."

"….."

"일이 줄었습니까?"

"다른 일이 들어옵니까?"

"혹시 일을 못 하게 되었다는….."

"저희… 혹시… 그만둬야 합니까?"

맥락을 이해하지 못한 어수선한 질문이 여기저기 쏟아지자 사장님은 천천히 고개를 들어 우리 모두를 쳐다보았다.

"아닙니다. 그런 게 아니라….."

감사합니다

삼겹살 타들어가는 소리만 들려왔고, 옆 테이블에 앉은 동창 모임에서 다음 회장을 선출한다는 얘기가 우리 테이블마저 점령할 기세였다. 정적이 몸을 짓누르는 느낌에, 무언가라도 해야겠다는 생각에 소주만 연신 들이켰다. 까맣게 타들어가는 삼겹살을 하나 집어 입안으로 밀어 넣었다. 그때였다.

"여러분이 그만두는 게 아니라 제가 그만두게 되었습니다…."

"네…에?"

일순간 모든 시선이, 정확하게는 열 개의 눈이 사장님을 향했고, 사장님은 고해성사(告解聖事)를 하듯 그동안의 일에 대해 설명하기 시작했다. 적자 운영으로 사정이 좋지 않았다는, 자신의 역량은 여기까지인 것 같다는, 아까부터 사장님 곁에 앉아 있던 선한 인상의 남자가 회사를 잘 이끌어줄 거라는, 그동안 함께 일해줘서 고마웠다는 사장님의 목소리가 고깃집에서 흘러나오는 노래와 뒤섞여 공중으로 사라지고 있었다.

누구나 빈손으로 가 ♪

"그동안 고생하셨습니다… 제가 더 잘했어야 했는데."

모든 걸 잘할 순 없어 ♪

"여러분 잘못이 아닙니다… 그동안 월급도 올려주지 못하고…."

인생이란 붓을 들고 무엇을 그려야 할지 ♪

"생각했던 것보다 어려웠습니다…. 다 제가 경험이 부족해서…."

가슴이 뛰는 대로 가면 돼 ♪

"이 분은 이쪽 분야로 경험도 많고… 또 저보다…."

절차가 없는 승계가 진행되었다는 사실을 다음 날 알게 되었다. 결제 받으러 사무실에 갔던 부장님이 전날 회식에서 소개받았던 남자가 사장님 자리에 대신 앉아 있다는 소식을 전해주었다. 그렇게 만난 사장님과 지금껏 한솥밥을 먹으며 지내왔다. 사장님은 우리에게 환심을 사기 위해 노력하지도, 지나친 호의를 베풀기 위해 애쓰지도 않았다. 항상 넘치지도 않고 모자라지도 않는 수준을 유지했고, 예의에 벗어나지 않는 행동으로 일관성 있는 관계를 지켜오고 있었다. 동종업계의 작은 업체들이 하나, 둘 문을 닫았다는 소리가 들려와도 애써

감사합니다

귀를 닫고 동요하지 않기 위해 분주하게 움직이고 있었다. 재작년부터 회사 사정이 더 어려워졌다는 얘기가 심심찮게 들려오긴 했지만 어떻게 꾸려나가면 괜찮아질 줄 알았다. 그런데 또다시 5년 전과 똑같은 상황이 벌어진 것이다. 한 가지 달라진 것은 있었다. '분위기가 바뀔 것 같습니다' 라는 말로 마무리되었던 5년 전과는 달리, 이번에는 회식 다음 날 아침 사장님은 새로운 사장님을 우리에게 정식으로 소개해 주었다. 그런 다음 작별 인사를 끝내고 한 명, 한 명 악수한 후 차에 올랐는데, 다들 들썩거리는 어깨를 숨긴다고 바빴다.

사장님을 배웅하고 자리로 돌아와 기계의 전원을 올렸다. 미안함, 상실감, 허탈함, 아쉬움을 털어버리려는 듯, 기계 소리가 여느 때보다 더 시끄럽게 들려왔다. 평소보다 물량이 많다면서 조금 서둘러야 할 것 같다는 얘기와 함께 업무지시서가 내려왔다. 부장님은 새로 온 사장님에게 현황 보고를 위해 다시 2층 사무실로 올라갔다. 퇴근 전까지 재고 조사 보고서를 제출하라는 얘기에 최기사는 '이 많은 걸 언제 다 해?'라고 투덜대면서 자기 자리로 되돌아갔다. 화물차에 납품 물량을 싣고 있는 박기사만 노랫소리에 맞춰 지게차를 옮길 뿐이었다.

　누구나 빈손으로 가 ♪
　모든 걸 잘할 순 없어 ♪
　인생이란 붓을 들고 무엇을 그려야 할지 ♪
　가슴이 뛰는 대로 가면 돼 ♪
　아모르파티 ♪

　감사합니다

동명이인(同名異人)

이지운.

혹시 하는 마음에 급하게 책을 펼쳐 들었다. '역시'였다.

출생이 달랐다. 서울 출생이라는 글로 시작하는 프로필 속의 이지운은 그 이지운이 아니었다. 제주에서 태어나고 자란 '내가 아는 이지운'은 프로필에 적혀있는 유명한 대학을 졸업하지 못했다. 적어도, 지금까지 내가 제대로 기억하고 있다면 그랬다.

기억력 하나만큼은 자신 있다. 고등학교를 졸업하고 도망치듯 제주도로 돌아간 이. 지. 운 이라는 세 글자를 내 기억에서 단 하루도 지운 적이 없다. 움켜쥐고 살아 왔다고 해도 틀린 말이 아닐 것이다. 공부라도 잘해서 유명 대학 문예창작과에 입학했었다면 어쩌면 나는 아주 약간의 용기를 발휘했을지도 모른다. 경제적인 것은 '개나 줘'라는 말을 길거리에 던져주고 순수한 모습으로 우아하게 그의 손을 붙잡았을지도 모른다. 하지만 상상하는 봄날은 오지 않았고 가까스로 고등학교를 졸업한 이지운은 엄마가 지키고 있다는 제주도로 다시 내려갔다. 가로수가 연둣빛으로 조금씩 물들기 시작하던 4월, 벚꽃의 배웅을 받으면서.

대학 졸업 후, 부모님의 맞선 요구에 순응하는 척 여러 사람을 만났다. 아주 예쁘고 늘씬한 미모는 아니었지만 흔히 얘기하는 평균적인 키와 약간 마른 몸매를 지녔기에 적당한 자리에 몇 번 불려갔다. 대부분 평균적인 사람들이었다. 열렬한 끌림은 없었지만 정감이 느껴지는 얼굴이었다. 무엇보다 결혼 후 살 집을 벌써 마련해두었다는 말은 엄마의 마음을 흔들어놓기에 충분했다. 성실한 사람, 자식 굶기지 않는 사람, 거기다가 착하기까지 한 사람, 지금 한 이불을 덮고 지내는 사람을 나는 그렇게 만났다. 초등학교 1학년인 첫째, 올해 유치원에 입학하는 둘째, 남편과 나. 단란한 가족을 언급할 때 우리 집은 순위에서 밀린 적이 없었다. 나 역시 한 치의 의심 없이 동의한다. 그런데 아주 가끔, 혼자 이상한 상상에 빠지는 것도 사실이다.

'이 사람과 결혼하지 않았다면 어떻게 되었을까?'

'마지막으로 맞선 보았던 고등학교 수학 선생님과 결혼했더라면 어땠을까?'

'그날 집 앞까지 스포츠카로 데려다준 사람도 괜찮았는데….'

정확하게 설명하기 어려운 여러 감정 사이를 하릴없는 사람처럼 바라볼 때가 있는데, 조금씩 다른 기억이 떠오르긴 해도, 희한하게 마무리는 늘 똑같았다.

벚꽃나무 사이에 홀로 서 있는 이지운, 엔딩 장면은 항상 이지운이었다.

이지운.

같은 반의 다른 남학생들과는 차원이 달랐다. 나이에 어울리지 않게 윤동주를 좋아했고, 역사소설을 즐겨 읽는 모습은 관심의 대상 그 자체였다. 유연하고 부드러운 사고력은 동급생 여자아이들에게서 인기를 차지하는데 부족함이 없었다. 다만 학교를 자율적으로 나오는 것이 문제였고, 기껏 참여한 수업 시간마다 작가가 되기 위한 연습이라며 소설을 쓰는 것이 문제라면 문제였을 뿐. 과목 선생님들마다 따로 불러내어 어르고, 달래고, 혼도 내보았지만 소용없는 일이었다. 그러다가 어떻게든 '졸업은 시켜야 한다'라는 쪽으로 방향이 모아졌고, 그때부터 가능한 많은(거의 대부분) 선생님들이 지운을 외면했다. 서로에게 좋은 가장 탁월한 선택이라며 입을 모았고, 행운이 따랐는지 지운은 무사히 고등학교를 졸업했다.

학교에서는 문제아가 사라져 좋았고, 지운은 고졸 학력을 얻었으니 서로 윈윈이었다. 하여간 여러 이유로 지운은 정식 문제아는 아니었지만, 매번 문제아 명단에 이름을 올렸다. 그래서일까, 대부분 지운을 피하는 눈치였는데, 어찌 된 영문인지, 별이 던진 그물에 걸린 탓인지 자꾸 지운에게 마음이 쓰였다. 지금도 이해가 안 되지만 하여간 그땐 그랬다. 하긴 설명할 수 없는 감정이 그 시절에 어디 그것 하나뿐이었을까.

감사합니다

대학 O.T에서 진실게임을 했었다. 첫사랑에 관한 선배들의 짓궂은 질문이 쏟아졌고, 나는 표현할 수 없는 감정으로 이지운을 떠올리면서 '이룰 수 없는 첫사랑의 아픔'을 조금 과장되게, 그러면서 완벽하게 잊은 것처럼 거짓말로 둘러댔다. 조금만 더 용기를 내었더라면, 조금만 더 인생을 현실적으로 계산하지 않았더라면 어설픈 첫사랑으로 끝내지 않았을지도 모르는데 말이다.

교무실에 들어가는 것이 죽을 만큼 싫었던 내가 문 앞에 어정쩡하게 서 있을 때, 문을 열면서 앞서 걸어준 사람이 이지운이었다. 팀별 과제 발표 시간에 얼굴이 붉어진 나를 대신해 보고서를 읽어준 사람도 이지운이었다. 아주 가끔 복도에서 마주쳤을 때 쌍꺼풀 짙은 눈으로 나를 바라보던 눈빛이 다른 곳으로 향할 때 내 마음이 외면당한 것처럼 속상해했던 기억이 아직도 생생하다. 그런 이지운을 딱 한 번 시내에서 만났었다. 졸업식이 일주일 정도 남았을 때였다. 이지운은 가방에서 작은 노트 한 권을 꺼내 자신이 쓴 소설이라고 내게 읽어보라고 전해주었다. 내가 첫 독자라고 얘기하면서. 그러면서 이지운은 덧붙였다.

"네가 늘 내 작품의 첫 번째 독자였으면 좋겠어."

　무슨 소리인지 알아듣지 못했다면, 언니의 연애 이야기를 조금만 적게 들었더라면, 가난한 예술가의 아내로 살아가는 엄마의 하소연을 밤마다 듣지 않았더라면, 어쩌면 나는 아주 멀쩡한 정신으로 영화 속 주인공처럼 대답했을지도 모른다.
　"너의 첫 번째 독자가 되어줄게."
　"네 이야기를 가장 먼저 듣는 사람이 되어줄게."
　하지만 나는 무슨 소리인지 너무 정확하게 알아들었고, 아르바이트를 하는 연인과의 슬픈 일과를 빠짐없이 보고하는 언니가 있었다. 거기에 예술가로 살아가는 아버지를 뒷바라지하기 위해 아침마다 초토화된 집을 뒤로한 채 빛의 속도로 현관문을 빠져나가는 엄마까지 있었으니, 무슨 이런 운명의 장난 같은 일이 있나 싶었다.

　지금도 그날을 기억한다. 카페에서 나와 둘 다 땅바닥만 쳐다보면서 말없이 걷고 또 걸었다. 정류장을 홀로 지키고 있는 벚꽃나무에게 시선을 박은 채, 조금이라도 버스가 늦게 오기를 바라며 무심한 듯 돌멩이를

　감사합니다

걷어차면서 말을 건넸다.

"나는… 예술 하는 사람 말고, 예술… 안 하는 사람이 좋아."

"…."

"너 소설 쓰는 것 말고, 다른 거 좋아하는 거… 없어?"

"나?"

"…."

"나는 소설 쓸 때 제일 행복해. 다른 건… 한 번도 상상 안 해봤는데…."

"…."

눈 밑으로 내려온 앞머리를 귀 뒤로 꽂아 넣으면서 지운을 올려다보았다. 어떤 말도 나오지 않았다. 상황을 눈치챘던 것일까, 말이 상처로 남을 거라는 사실을 직감했던 것일까, 떠나는 겨울바람이 심술을 부리는 걸까. 더 이상 진척이 없었다. 대화를 이어가지 못한 채, 원망하는 눈빛으로 벚꽃나무에게 시선을 돌렸다. 그때였다.

"나중에 제주도 놀러 와."

"어? 제주도?"

"제주도 다시 내려가려고…."

한참 뒤에서 달려오던 버스가 경적소리를 울리며 지나갔다.

빵. 빵. 빵.

'버스로 제주도에 갈 수 있을까.'

말도 안 되는 상상을 하고 있는데, 또다시 경적이 울렸다.

빵. 빵. 빵.

내가 타야 할 버스가 온 것이었다. 타야 할 버스가 왔고, 지운은 말없이 손을 흔들어주었다. 제주도로 떠나는 배 위에 올라탄 것처럼 갑자기 현기증이 느껴졌다. 잘 지내라는 인사는커녕, 눈도 한번 제대로 맞춰보지 못하고 헤어졌다.

나의 첫사랑은 아주 밋밋하게 버스 안에서 제주도를 되뇌는 것으로 끝이 났다. 아니, 시작도 하지 않았으니 끝났다는 것도 틀린 말이다. 아마 그때부터였던 것 같다. 이상하게 벚꽃이 싫다. 벚꽃을 바라보면 마음껏 숨을 쉴 수가 없다.

감사합니다

유명한 사고력 선생님

　　　　　　주말, 영규네 가족과 캠핑이 준
비되어 있었다. 이미 두 달 전에 결정 난 것이었다. 그
런데 갑자기 캠핑을 갈 수 없겠다고 말하는 미혜가 도
무지 이해되지 않았다. 어릴 때부터 함께 캠핑을 다녀
온 터라 아이들도 영규 삼촌이랑 함께 간다고 손꼽아
기다리던 중이었는데 갑자기 캠핑을 취소해야 한다니,
무슨 일이 생긴 것인지 확인이 필요했다.

　"어제까지 캠핑 얘기하다가 갑자기 왜 그러는 건데?"
　"준희 선생님. 이번 주말밖에 안 된다고 하시잖아. 나
도 갑자기 연락을 받아서…."

"선생님? 누구? 준희? 준희가 무슨?"

"유명한 사고력 선생님인데, 어제 겨우 자리가 생겼다고 연락 받았어. 얼마나 오래 기다렸는데."

"뭐? 유명한 사… 고… 력 선생님?"

무슨 말을 하는지 알 수가 없었다. 5살밖에 안 된 준희에게 무슨 선생님이 필요하다는 얘기인지, 거기에 사고력 선생님이라니. 아무리 생각해도 말이 안 된다는 마음을 떨쳐버릴 수 없었다.

"미혜야. 준희 이제 겨우 5살이야. 무슨 선생님이 필요해? 어린이집 다니는 것으로 충분한데, 사고력… 선생님?"

"모르면 가만있어… 자기는 준희가 학교 가서 다른 애들 모두 잘하는데 혼자 못하면 좋겠어?"

"아니… 그게 무슨 소리야? 아직 5살이야. 학교 갈 때까지 3년이나 남았고… 또."

"자기가 몰라서 그래…."

"모르긴 뭘 모른다고…"

"요즘 어떤 시대인지 모르지? 요즘 애들이 얼마나 똑똑한지 모르지? 우리처럼 학교에서 한글 배우는 시대가 아니라고!"

"나도 알아. 그 정도는. 하지만 미혜야… 준희는 이제 겨우 5살이잖아. 5살이면 한창 밖에서 뛰어놀아도 부족해."

"내가 놀지 못하게 하겠다는 얘기가 아니잖아?"

"그게 그거잖아…."

"그리고 이렇게 미세먼지가 많은데 누가 밖에서 뛰어놀아?"

"어?……."

'미세먼지' 라는 말에 갑자기 말문이 막혔다.

이때는 뭐라고 말해야 되더라 고민하고 있는데, 미혜의 야무진 목소리가 들려왔다.

"세상이 예전하고 다른 거 모르겠어? 자기도 어떻게 돌아가고 있는지 공부해야 돼."

"무슨 공부를 더 하라고?… 수학? 과학?"

"아니, 그런 얘기 아닌 거 알잖아?"

미혜를 뒤로하고 혼자 안방으로 들어왔다. 예전에는 그렇지 않았는데, 갈수록 미혜와 대화하는 시간이 힘겹게 느껴진다. 무슨 말만 하면 조선시대 사람 같다고 얘기하고, 거기에 몇 마디를 더 보태면 "공부 좀 해"라는 말로 끝이 난다. 처음에는 미혜의 말을 아무렇지도 않게 넘겼는데, 억울한 생각이 들면서 마음이 복잡한 게 사실이다. 미혜 얘기대로 어디 가서 공부라도 해야 하나 싶다가도 솔직히 무슨 공부를 더 해야 하는지 감이 잡히지 않았다. 준희의 일과 관련해서 참견을 하라는 것인지, 하지 말라는 것인지 매 순간 고민이다. 미혜도 답답하겠지만, 답답한 건 나 역시 마찬가지였다. 그러면서 가끔, 아주 많이 궁금해진다. 도대체 어떻게 하다가 이렇게 달라졌을까. 무엇이 미혜와 나 사이에 벽을 만들었을까.

우리 부부는 임신 전, 부모교육을 받았다. 3개월 과정으로 부모교육 강사에서부터 유아교육 전공 박사, 부부문제 연구소 소장, 감정코칭 강사로 구성된 센터에서 좋은 부모가 되기 위해 어떻게 해야 하는지, 좋은 자녀교육법이 무엇인지 강의를 들었다. 임신에서부터 출산, 아이의 성장발달단계, 부모와 자녀 사이의 갈등 문제 해결, 나아가 아이의 발달과 부모의 발달이 동시에 이뤄져야 한다는 내용을 함께 배우면서 정리했었다. 부모

감사합니다

의 불안이 아이의 불안이 될 수 있다는 강사님의 이야기에 서로의 가치관, 교육관을 먼저 확인했고, 자녀 교육에 대한 가치관과 교육관이 크게 다르지 않다는 사실에 안도하면서 과정을 마쳤었다.

"아이 낳으면 자유롭게 키울 거야. 자식은 부모의 소유가 아니잖아. 믿어주고 기다려줄 거야."

"나도 비슷해. 잘 먹고, 잘 자고, 잘 놀고. 건강하게만 자라주면 그걸로 충분해."

그런 우리 부부에게 조금씩 불협화음이 새어 나오기 시작한 것은 준희가 어린이집을 다니면서부터였다. 유치원에서 함께 돌아오는 민수라는 친구가 있는데, 3살 때부터 한글 공부를 시작해서인지 지금은 7살이 읽는 책을 술술 읽는다고 했다. 그때부터였다. 식탁으로 반찬을 하나씩 옮겨 담으면서 미혜가 생소한 단어와 낯선 이야기를 들려주기 시작했다. 점심은 먹었는지, 준희가 하원했는지 궁금해 전화를 넣으면 민수 엄마와 함께 있는 날이 많았다. 어떤 날에는 놀이 센터에 갔다고 했고, 또 어떤 날에는 부모교육 강좌에 왔다고 했다. 상황을 완벽하게 알 수는 없었지만, 본능적으로 미혜의 일상에 변화가 생기고 있음이 느껴졌다. 거기에 변화의 화살이 정확하게 준희를 향하고 있다는 불안한 느낌이 들었지만 애써 모른척하며 지내왔다.

'늦어도 5살에는 한글을 떼야 한다.'
'6살에는 영어와 피아노 학원을 보내야 한다.'
예전의 미혜라면 언급조차 하지 않았을 문장이 집안 곳곳을 채우기 시작했다. 나 역시 맞서는 마음으로 미혜의 문장에 대해 단단히 무장하고 경계태세를 갖추고 있었는데, 아주 약간의 방심을 틈타 유명한 사고력 선생님이 밀치고 들어온 것이다. 생각하면 생각할수록 답답하고 화가 치밀어 올랐다. 미혜의 머릿속에서 어떤 일이 벌어지고 있는지 열어보고 싶은 마음이었다. 그것보다 미세먼지부터 해결해야 하나. 어설프게 시작했다가는 반박도 못하고 "자기도 공부 좀 해"라는 소리를 듣게 될 것 같아 이러지도 저러지도 못하고 있다. 앞으로 계속 반복될 일을 생각하면 그냥 미혜를 따라가는 게 낫지 않을까 싶다가도 '그래도 이거 아닌 것 같은데'라는 마음을 버리지 못하고 있다. 문득 지난주, 아이의 첫 돌을 축하해 주러 가서 만난 영훈이가 떠오른다.

'영훈아, 나도 네 말처럼 잘 먹고, 잘 자고, 잘 노는
게 최고라고 생각했어. 진짜 그랬어. 아니, 우리도 그랬
어. 근데 지금은 모르겠어. 뭐가 뭔지 모르겠어. 내가
정말 아는 게 없는 건지, 미혜가 아는 게 많은 건지…
진짜 모르겠어….'

단 1초의 망설임도 없이

졸업을 앞두고 같이 밥 먹는 일이 많았다. 민수는 미술 전공을 살리는 일보다 동대문에서 물건을 가져와 판매하는 일에 탁월한 재능을 보였다. 다들 주위에서 그 정성으로 전공 살리면 공모전 대상감이라고 얘기했지만 그런 소리에도 아랑곳하지 않고 민수는 학교를 휴학했다. 고등학교 2학년 때 민수는 미술로 방향을 바꿨다. 공부에 매진한 것도 아니었지만, '이도 저도 안 되겠다'라는 결단 아래 미대 진학을 결정했다. 어릴 때부터 그림 그리는 일이 좋았던 민수는 부모님을 설득했고 간절함이 통한 걸까, 인생을 바칠 수 있는 것을 발견했다는 아들의 말에 민수 부모님

감사합니다

은 적극적으로 지원 사격에 나서주셨다. 하긴 평일은 물론, 주말을 헌납하고 미술 학원에서 삼시 세끼를 채우는 모습은 주변 사람 모두를 놀라게 할 만한 사건이긴 했다.

가끔 민수는 술자리에서 그때를 회상하면서 말했다.

"있잖아. 나도 모르겠어. 왜 그렇게 미술 학원에 매달렸는지."

"좋아서 그랬겠지…."

"좋아서 그런 건 아니라니까… 이건 아니다 싶은데 마땅한 게 없는 거야. 언제더라, 몰래 술을 마시고 집으로 걸어가는 날이었는데… 입시 미술학원 간판에 불이 켜져 있는데, 그걸 보는데 뭔가 마음이 뭉클해지는 거야. 이게 뭐지… 하여간 그때였던 것 같아…."

"어릴 때부터 그림에 관심이 있었던 거겠지?"

"미술도… 하고 싶다고 하는 건 아니잖아…."

"그건 그래…."

"공부하라고 학원을 보내주셨는데, 도무지 눈에 들어오지 않는 거야.. 문제집은 수면제였고, 선생님은 자장가를 불러주는 성악가였고. 도대체 여기에 왜 이러고 있나 그런 생각이 수시로 떠올랐어. 근데 희한한 게 미술 학원에서는 아니었어. 하긴 잠깐이라도 졸 수 있는 틈이 있어야 말이지. 아니다. 사실 미술 학원에서 매일 그렇게 미친 듯이 그림을 그려야 된다는 걸 알고 있었다면 어쩌면 안 갔을지도 몰라…"

미술학원, 아주 생뚱맞은 곳이 아니다. 공부를 해도 성적이 오르지 않아 여기저기 기웃거리다가 미대 입시를 준비하는 친구 따라 슬그머니 구경 간 적이 있었다. '혹시 나에게도 재능이 있을까?'라는 생각으로 따라갔다가, 일요일인데도 하루 종일 그림을 그리고 있다는 소리에 놀라 '이건 아니다'싶어 뒤도 돌아보지 않고 나온 적이 있다. '이건 아니야'라는 느낌을 알아차릴 정도의 감각은 있었던 모양이다.

4학년이 되고 얼마 되지 않았을 때였다.
그날도 민수와 함께 미술 학원의 비화를 안주로 소주병을 여러 개 비우고 있었다.

감사합니다

"나 동대문에서 일 시작했어."

"일? 아르바이트?"

"아니… 일!"

"언제부터?"

"음… 한 달 정도 됐나?"

"벌써? 학교는… 졸업 안 해?"

"졸업… 해야지. 뭐, 안 할 수도 있어. 일단 돈을 벌어 보고 싶어서."

"4학년 졸업반인데… 부모님은 괜찮으시대?"

"괜찮으신지 아닌지는 잘 모르겠지만… 아버지는 모르시고, 엄마는 알고 계셔."

"어머니는 뭐라고 하시던데?"

"처음에는 아무 말씀도 안 하시는 거야. 그러시더니 일단 졸업하고 아버지 주유소에서 함께 일하는 건 어떠냐고 하시던데… 나중에 생각해 본다고 했어. 지금은… 내 힘으로 돈을 벌어보고 싶다고 말씀드렸어."

"그랬더니?"

"좀 고민하시던 모습이었는데… 내가 벌써 일을 저질러놔서…."

"그… 렇지…?"

솔직히 민수가 부러웠다. 내게는 그렇게 이야기할 사람이 없다. 대학 졸업이 가장 중요한 일이었고, 졸업 후 취업하는 것이 우선 과제였다. 회계학과에 들어온 이유도 단 한 가지 이유에서였다. 취업을 잘하려면 회계학과를 나오면 유리하다는 부모님의 강력한 권유 때문이었다. 약간의 존경과 체념을 숨긴 채 나는 그 선택을 따랐다. 하지만 그런 나와 다르게 세상의 이치를 터득한 것처럼 다른 존재로 살아가는 민수가 부러웠다. 진짜 아무 상관 없는 사람처럼 민수는 휴학을 했고, 학교에서 더 이상 민수를 찾을 수 없게 되었다. 열정이 동대문에서 빛을 발휘하고 있다는 것은 경제학과에 다니는 동기에게 들었다. 자기 이모집에 일하는 미대생이 있는데, 장사 수완을 타고났는지 일을 잘해 동대문이 들썩거리고 있다고 했다. 역시 민수였다.

민수 소식을 뒤로하고 졸업과 취업 준비로 바쁜 날을 보내고 있을 때였다. 연봉 얼마 이상은 되어야 한다, 어느 정도 규모가 있어야 한다는 생각에 적당한 곳을 찾아 지원하고 있는데, 연일 미역국만 마셔대고 있었다. 불경기라더니, 불길한 소식만 자꾸 들려왔다. 정말 이

감사합니다

러다가 취업 못하는 거 아닐까? 상상력이 힘을 잃기 시작하면서 인생의 등급이 조금씩 내려오고 있다는 자각에 서서히 몸이 움츠려들기 시작할 무렵이었다. 그때 민수에게서 연락이 왔다.

"같이 밥이나 한번 먹자."

한결 밝아진 표정의 민수는 옷차림도 가벼웠다. 자신에게 최적화된 공간을 찾은 사람, 어떤 것을 표현하고 싶은지 알고 있는 예술가의 모습이었다. 순간적이었지만, 나와 다른 세계를 살아가는 사람같았다.

"얼굴 좋아 보인다. 일은 어때?"

"재밌어! 아직 돈을 많이 버는 건 아니지만. 이거… 충분히 가능성 있어."

"그래?"

"나… 제대로 사업해보려고."

"사업?"

"그래, 사업! 내 가게 하나 열어서 사업을 시작해보려고!"

같이 취업 준비를 하고 있었다면 더 위로가 되었을

까, 나도 어디 가서 아르바이트라도 해야 하나, 아니면 장사라도 배워볼까, 이런저런 복잡한 생각이 머릿속을 헤집고 다녔지만 정작 입 밖으로 나온 말은 유머를 담은 유쾌한 질문이었다.

"대단한데! 나는 아직 취업도 못했는데… 넌 벌써 사장님이잖아?"

내 얘기를 들었는지, 못 들었는지는 기억나지 않는다. 하지만 술 한 잔을 시원하게 목구멍으로 흘려 넣은 민수가 이야기를 이어나갔다.

"사장님은 무슨? 그래서 얘기인데… 너 돈 관리 잘하잖아?"

"누구? 나? 돈?"

"그래! 너! 너 말이야!"

"돈 관리는 모르겠고, 회계는 조금 알지."

"그럼, 됐어."

"뭐가?"

"나하고 같이 일하자!"

"어?"

"그러니까 내가 지금 너 스카우트하고 있는 거야!"

"스카우트?"

감사합니다

스카우트라는 말이 내 귓구멍을 파고드는 순간 모든 일은 결정 났다. 소주에 취해서일 수도 있고, 연일 마셔 댄 미역국에 신물이 난 까닭일 수도 있다. 이모 집에 일 하는 미대생이 장사 수완이 좋다는 얘기가 머릿속을 하 얗게 도배하기 시작했다. 취업 준비생이라는 꼬리표가 사라진 자리에 스카우트라는 단어가 떠오르기 시작했 고, 잃어가던 상상력이 생명력을 감지했는지 나를 부추 겼다. 부모님께 당당하게 "저 스카우트 제의받아 취직 했어요"라고 말할 기회가 생겼는데 마다할 이유가 없었 다. 소주 한 잔을 들이켜면서 단 1초의 망설임도 없이 대답했다.

"그러면 나야 좋지!"

하필이면… 오늘 같은 날

참을 수 없는 기분에 휩싸인 채 무언가를 해야겠다고 느꼈다. 무작정 차를 몰아 집을 나왔다.

새벽 6시, 아직 남편은 일어나지 않았다. 어딘가로 떠나고 싶었던 그녀, 처음에는 버스를 탈 계획이었다. 하지만 '자유'라는 이름과 버스는 어울리지 않았다. 시동을 켜 운전석에 몸을 기대었다.

'이혼하는 게 나아. 같이 사는 건 너무 힘들어. 애들 모두 결혼시켰고, 그래, 이제부터라도 자유롭게 사는 거야.'

감사합니다

멋진 다짐으로 엑셀에 발을 올렸다. 그렇지만 아파트 주차장을 빠져나오는 데 이십 분이나 걸렸다. 양쪽에 주차한 차들이 너무 바짝 붙어있는 탓에 초보운전자의 심장은 땅바닥에 붙어 떨어질 줄 몰랐고, 겨우 억지로 떼내어 조금씩 속도를 올렸는데 그만큼 시간이 흘렀던 것이다. 하지만 이미 예상했던 일이었다. 이후에 펼쳐질 자유에 대한 그녀의 갈증은 여전했고, 고속도로를 향하는 마음은 충분히 긍정적이었다.

몇 년 전 결혼한 딸이 '운전면허증은 있어야 한다'라고 얘기하면서 운전면허 학원에 등록해 주었다. 요즘같이 좋은 시절, 가고 싶은 곳에 마음대로 다니면서 살았으면 좋겠다는 딸의 제안이 내심 고마웠다. 그래서 용기 내어 운전면허증에 도전했다. 무엇보다 의아했던 것은 동그라미, 엑스로 자신을 평가받는 설명하기 어려운 상황이 싫지 않았다는 점이다. 동그라미가 모두 채워진, 100이라는 숫자 앞에서는 어떤 희열 같은 것이 느껴지기도 했다. 쓸데가 있는 사람, 쓸모 있는 사람, 괜찮은 사람이라는 생각에 혼자 몇 번이나 웃었는지 모른다. 하지만 실기시험은 만만하지 않았다. 필기시험과는 달리 실기시험은 한 번에 붙지 못했다. 걱정되었던 딸은 조금 벗어난 외곽에서 실기 연습을 도와주었고, 다행히 딸의 노력에 부응이라도 하듯 두 번째 시험에서 합격했다. 가고 싶은 곳에 마음껏 갈 수 있는 마법 양탄자를 얻었다는 마음에 식은땀을 흘리면서 도로연수까지 마쳤다. 그리고 그날 딸의 끈질긴 설득에 이끌려 중고차를 계약했다. 자꾸 미루면 안 하게 된다는 이야기, 운전면허만 따고 쉬어버리면 자신감이 줄어든다는 이야기, 나중에는 어떻게 하는지 기억조차 나지 않는다는 이야기는 성취감에 기대어 설득력 있게 다가왔다. 그게 석 달 전이다.

핸들을 붙잡은 그녀의 손목에 힘이 들어간다.

'새벽 6시에는 차가 없을 테니까, 괜찮을 거야!'

마음을 다잡고 서서히 차를 움직였다. 하지만 출발할 때의 마음은 어디로 갔는지, 그녀의 몸은 자동차와 한 몸이 되지 못한 채 자꾸 부딪쳤다. 5분, 10분쯤 흘렀을까. 등줄기를 타고 흐르는 땀이 그녀의 몸을 흥건하게 적셨다.

'이게… 아닌데. 이런 걸 바란 게 아닌데….'

감사합니다

자유롭고 싶다는 마음으로 집을 나왔는데 핸들을 붙잡은 손이며, 정신없이 좌,우를 살피는 두 눈에는 자유는 고사하고 알 수 없는 긴장감, 두려움으로 가득 차 버렸다. 자석처럼 핸들에 달라붙은 속마음을 아는지 모르는지, 옆 차선에서 빵빵거리며 지나는 자동차들의 경적은 그녀의 머릿속을 흔들어 놓기에 충분했다.

'새벽에는 차가 없을 줄 알았는데….'

'그냥… 버스 탈 걸 그랬나?….'

별의별 생각이 다 들었다. 바깥 풍경은 마음과 다르게 빠르게 변해갔다. 부쩍 많아진 차, 빵빵거리는 소리. 도무지 정신을 차릴 수 없었다. 좌회전은 꿈도 꿀 수 없었다. 우회전만 계속하던 중, 몇 바퀴째 같은 편의점 앞을 지나고 있다는 사실을 깨달았다. 이대로는 안 되겠다 싶었다. 좌회전을 계획하고 닫힌 창문을 열어 힐끗힐끗 뒤를 보면 앞머리를 내밀었다. 그때였다.

쿵!

우지끈!

뭔가 묵직한 것으로 뒤통수를 한대 세게 맞은 느낌이었다.

허리에 짧은 전율이 느껴지면서 뒷머리가 좌석의 헤드레스트에 닿았다.

'뭐… 지?'

차에서 내려야 한다는 것도, 어떤 일이 그녀 모르게 생겨났는지 살펴봐야 한다는 것도 생각나지 않았다. 컴퓨터를 초기화한 것처럼 머릿속을 지우개로 하얗게 지운 느낌이었다. 갑자기 다리가 후들후들 떨려오면서 백지상태가 되어버렸다. 100점짜리 시험지에 뭐라고 적혀 있었는데, 도로 연수할 때 선생님이 뭐라고 얘기를 해준 것 같은데, 딱 거기에서 생각이 멈추고는 더 이상 진척이 없었다.

똑똑똑.

똑똑똑.

"아줌마. 차에서 좀 내려보세요."

"네…에…?"

참하게 생긴 청년의 입에서 다행히 험한 말은 나오지 않았다.

"아줌마… 거기서 갑자기 들어오시면 어떻게 해요?"

감사합니다

"네?"

"미리 신호를 주셔야죠…."

"갑자기… 아닌데… 창문 열어서 봤는데…."

"아휴… 보험회사에 전화하세요. 저도 보험회사 부를게요."

"보험회사? 왜요?"

"왜요라니요? 보험회사에서 나와 사고 처리해야죠."

"아… 어디에?"

"아줌마… 자동차 보험 계약하셨을 거니까… 거기 전화하시라고요!"

"저는 계약 안 했는데요…."

청년이 깜짝 놀란 얼굴로 고개를 갸우뚱거리며 뚫어져라 그녀를 쳐다보았다.

"아줌마… 보험 안 들어놓으셨어요?"

"제가 안 하고… 남편이 했는데…."

"난 또… 남편분께 전화하셔서 보험회사 연락하라고 하세요."

"네?…."

"남편분이 보험회사 아시니까 전화하시면 되잖아요…."

얘기가 길어져서 화가 난 건지, 시간에 쫓기는지 참한 청년의 얼굴이 조금씩 달아오르고 있었다.

"네…에…."

가뜩이나 풀이 죽은 그녀의 목소리가 점점 더 기어들어가고 있었다. 전날 다투면서 "서로 신경 쓰지 말고 편하게 살아, 앞으로는 남남처럼 살자고!"라고 먼저 큰소리쳤는데, 그래서 보란 듯이 어떤 말도 없이 차를 몰고 나왔는데, 이런저런 속사정을 모르는 청년이 당당하게, 씩씩하게 자꾸 재촉했다.

"아줌마!"

"아줌마!. 늦었어요…."

"빨리 사고 처리하고 가야 되니까… 서둘러 주세요!!"

"네…에…."

뚜… 뚜… 뚜…

얼마나 흘렀을까, 전화기 너머로 잠이 덜 깬 남편의 목소리가 들려왔다.

"여… 보 세… 요."

"난데…."

감사합니다

"네? 어?"

"저기….'

걱정 없어 보이는 남편의 목소리가 들려왔다. 닳아버린, 다른 일에는 그리 관심 없어 보이는 무심한 온도였다. 이를 어쩌나. 어떻게 말을 꺼내야 하지. 패자가 승자에게 고개를 숙이는 기분이라고나 할까. 뭔가 속에서 따끔거리는 것이 느껴졌다. 하지만 그것보다 아까부터 계속 그녀를 뚫어져라 쳐다보는 청년의 시선은 더 따가웠다.

"저기….'

"…."

"내 차….'

"차?"

"어… 차 보험회사."

"차? 보험… 회사… 무슨 뚱딴지같은?"

"아니… 그게."

"…."

"보험 회사 어딘지 얘기해달라고….'

"보험… 회사?… 지금 무슨 소리 하는 거야?"

뭔가 부산스러운 소리가 들려오는가 싶더니, 전화기 건너편에서 다급한 목소리가 들려왔다.

"당신… 지금 밖이야?"

"어…."

"차 몰고 나갔어?… 혹시 사고 났어?"

간신히 붙잡고 있던 정신줄이 힘을 잃어가고 있었다. 자존심을 내세울 상황도, 마음도 아니었다.

"그래… 그래, 그렇다고…."

"알았어. 알았으니까… 지금 어디 있는데?"

"그러니까. 집에서 나오면 편의점 보이고…. 거기서…."

그다음부터는 어떻게 됐는지 잘 기억이 나지 않는다. 그녀의 남편이 왔다는 것, 참하게 생긴 청년에게 미안하다며 사과하던 남편의 뒷모습이 간간이 떠오를 뿐이다.

"몸은 괜찮아?… 병원 안 가도 돼?…."

청년과 이야기를 끝낸 후, 전날 다툰 기억이 없는 사람처럼, 걱정이 잔뜩 담긴 표정으로 바라보는 남편을 피해 그녀는 고개를 돌렸다.

감사합니다

'신경 쓰지 말고 살자고 했는데….'

'남남처럼 살자고 그랬는데….'

'하필이면… 오늘 같은 날….'

정말 편안해 보였어요

아가씨로 태어나, 아가씨로 살다가, 아가씨로 사라지고 싶었다. 노처녀는 괜찮아도 아줌마는 싫었다. 어느 청문회에서 아직까지 부모님 등본에 이름을 올리고 있는 '아가씨'라는 타이틀을 두고 자신의 쓰임에 대해 나열하라고 했다는 얘기를 들었을 때 청문회장으로 달려갈 뻔했다. 마이크를 빼앗아 질문을 던진 사람에게 되묻고 싶었다.

"아가씨는 안 된다는 이유가 어디에 적혀 있나요?"

아가씨는 사전에 잠들어있는 고유명사가 아니라 생활 속에서 지켜내야 할 제3의 존재였다. 절대 놓쳐서는 안 될 이름이었다. 아가씨. 하지만 그 이름을 전혀 예상

감사합니다

하지 못한 장소에서, 한 번도 생각해 보지 않은 방식으로 떠나보냈다. 지금도 제대로 설명하기엔 어려운, 어느 여름날의 일이다.

처음엔 잠깐 앉아 있다가 금방 나올 생각이었다. 낯선 동네였고 어디에서든 시간을 보내야 했다. 36도를 넘긴 아스팔트 위에서 뜨거운 태양의 세례를 온몸으로 마주하며 서 있을 이유가 없었다. 차가 막힐 거라고 예상하고 조금 서둘러 나왔는데, 도로는 한적했고, 오히려 시간이 많이 남아 무엇이라도 해야 할 상황이었다. 몸을 기댈 곳을 찾아야 했고, 그때 지은 지 족히 이십 년은 넘었을 것 같은 붉은 벽돌의 카페가 눈에 들어왔다. 예전에는 주택이었을 것 같은, 하지만 지금은 카페라는 것을 강조하고 싶은, coffee라는 글자가 붉게 반짝이고 있었다.

"어서 오세요."

"네."

천천히 카페를 둘러보며 걸음을 옮겼다.

작은 키에 조금 풍만한 체구를 자랑하는 여자를 발견하고는 인사를 건넸다.

"커피, 마셔도 되죠?"

손에 들고 있던 커다란 커피잔을 내려놓으며 여자는 친근하게 말을 걸어왔다.

"그럼요. 이쪽으로 앉으세요."

빅 사이즈의 커피잔, 빅 사이즈의 테이블, 빅 사이즈의 소파와 흔들의자, 그 외 약간 크다고 느껴지는 몇 가지 것들. 그 사실을 인식하면서 살펴보니 거의 모든 것이 L 사이즈였다. 눈 씻고 찾아봐도 M이 보이지 않았다. 하다못해 티슈까지 L 사이즈였다. 보통 마트에서 파는 티슈를 두 개 붙여놓은 것 같았다. 혹시 저 문이 거인의 나라를 통과하는 문이 아니었을까, 그러니까 걸리버 여행기처럼. 혼자 엉뚱한 상상을 하고 있는데 그녀가 불쑥 끼어들었다.

"바깥 날씨, 많이 덥죠?"

"네에."

"주문하시겠어요?"

"아이스 아메리카노 한잔 주세요."

"기다리세요. 금방 가져다드릴게요."

　　　　　감사합니다

잠시 후 그녀가 들고 온 쟁반 위에는 둘이 먹기에도 넉넉해 보이는 아이스 아메리카노가 출렁거리고 있었다. 미팅을 끝내고 같이 점심 먹기로 약속이 잡혀있는데, 마음껏 늘어난 이 커피를 어떻게 해야 하나 가만히 바라보고 있었다. 그때 그녀가 다시 나타났다. 바구니에 사탕과 비스킷을 잔뜩 넣어서. 아무래도 그녀는 타고나기를 넉넉하게 태어난 사람인 것 같았다. 무엇이든 하나 더 주려는 사람, 어떤 것이든 나눠먹자고 말하는 사람, 그녀는 그런 무늬를 갖고 있었다. 그러니까 '조금 더'와 친숙한 사이 같았다. 하지만 그녀와 달리 '조금 더'와 가능한 거리를 유지하려는 나로서는 부담스러운 일이 아닐 수 없었다. 지나치게 넉넉한 커피, 바구니 가득한 사탕과 비스킷, 과하게 친근한 말투까지 모든 것이 부담스러웠다. 36.5도를 넘지 않는 온도를 만들어야 했다.

"비스킷, 사탕은 괜찮아요. 넣어두세요."

애써 힘들게 베풀지 않아도 된다고 말해주고 싶은 걸까. 다이어트를 위해 달콤한 사탕을 입에 대고 싶지 않아서일까. 아니면 정말 '조금 덜'이라는 유전자를 지니고 있는 걸까. 굳이 챙겨주는 사람의 마음을 외면한 나의 모습에 약간 예민해지려는 순간, 아무렇지도 않다는 듯 그녀가 다시 웃으며 말을 걸어왔다. 아무래도 그녀의 레이더에 내가 잡힌 모양이었다. 카페에 나를 제외하고는 아무도 없었다는 것이 결정적인 이유였겠지만.

"지금쯤이면 딱 달달한 게 필요해요."

"네에."

"아직 결혼 안 하셨죠? 아가씨 같아 보여서요."

요즘 들어 '아가씨 같아 보여요'라는 소리를 부쩍 자주 듣고 있다. 아무래도 아가씨와 아가씨 아님의 경계에 들어선 모양이다.

"네에."

마흔을 훌쩍 넘겼지만 아직 아가씨로 불리는 친구가 여러 명이다. '아가씨답게'를 유지하기 위해 우리는 친밀한 공조관계를 유지하고 있다. 함께 헬스장을 다니고 있으며, 각자가 알아낸 새로운 다이어트 비법을 공유한다. 그리고 이것은 결혼한 친구들, 그러니까 아가씨 아닌 이들의 욕망에도 불을 댕겼다.

"슈퍼 갔는데 사장님이 나더러 아직 미혼이시죠, 그

러는 거야!"

"진짜 좋았겠다!"

"나는 아이 유모차 밀고 카페 갔더니, 나더러 이모 맞
으시죠? 했다니까."

"나도 비슷한 일이 있었는데….."

아가씨는 아무에게나 부를 수 있는 호칭이 아니었다.
적어도 우린 그랬다. 아가씨는 어떤 특별한 직위를 부
여받은, 제3의 존재였다. 그랬기에 서로 그 사실을 상기
시켜주는 일에 열을 올렸고, 누구 할 것 없이 스스로의 존
재를 재확인 받는 일에 더없는 행복감을 느끼고 있었다.

"저 예전에 44 사이즈 입고 다녔어요. 높은 구두 신
고, 머리를 길게 늘어뜨리고 다녔어요. 다이어트, 안 해
본 게 없을 정도예요. 18:6법칙. 그런 것도 했어요. 18
시간 굶고 6시간 동안만 먹는 거. 단품 다이어트는 얼마
나 많이 했는지 셀 수 없어요. 단골 단식원도 몇 개나
되었고. 하여간 안 해본 게 없어요. 엄마가 초고도비만
이었거든요. 그래서 유난을 떨었던 것 같아요. 나에게
는 그런 유전자가 있으니, 더 조심해야 한다고, 더 굶어
야 한다고, 더 빼놔야 한다고….."

"아, 네…."

"딱 죽지 않을 만큼만 먹었어요. 개미허리를 더욱 잘
록하게 돋보이는 치마를 사 입는 낙으로 살았어요. 그
런데, 그런데 말이에요…."

"그날도 오늘처럼 더운 날이었어요. 급한 일이 생겨
동사무소로 걸어가고 있을 때였어요. 제 앞에 아주머니
세 명이 걸어가고 있었어요… 조금은 커 보이는 치마에
슬리퍼 차림으로 각자 한 손에 아이스 아메리카노를 든
채 얘기를 나누면서 걸어가고 있었어요. 큰 목소리는
아니었지만 서로 마주 보며 웃고 있는데 마치 영화 포
스터 같았어요. 주위 가게에 하나, 둘 불이 켜지면서 붉
은 노을이 천천히 그녀들의 머리 위로 내려앉고 있는
데, 뭐라고 표현하면 좋을까요, 평화, 여유로움 그런 게
느껴졌어요. 조금씩 하늘이 붉게 물들기 시작하는데 문
득 그렇게 붉어진 하늘이 그녀들의 배경 같다는 느낌이
들었어요. 굉장히 편안한 느낌이었어요. 하여간 그 순
간이었어요. 뭔가 입안으로 흘러들어오고 있었어요…
글쎄… 제가 울고 있었던 거예요… 이상하죠?"

"아… 니요."

감사합니다

"그때 처음… 물어봤던 것 같아요. 나 왜 이렇게 힘들게 살고 있지?"

"혼자 중얼거렸던 기억이 나요. 당신들은 나처럼 죽지 않을 만큼만 먹지 않죠? 유전자 걱정 같은 건 안 하죠? 잘록한 치마 찾으러 뛰어다니지 않죠? 다른 사람… 신경 안 쓰죠? 부러워요. 슬리퍼 차림에도 당당할 수 있는 당신들이. 나도 당신들처럼 그렇게 살아보고 싶어요…."

자신이 생각해도 여기까지는 아니었다 싶었는지 그녀는 얘기하다 말고 얼른 고개를 밖으로 돌렸다.

"웃기죠? 하여간 그날 그랬어요. 창피한 생각도 들고, 약간 우울한 기분도 느꼈던 것 같아요. '사람이 한순간에 바뀔 수 있을까'라고 얘기하는데 저는 '그렇다'에 한 표예요. 제가 그랬으니까요. 정말 나 왜 이렇게 살고 있지? 그랬다니까요. (웃음) 지금 다시 생각해도 웃겨요…."

그녀의 웃음에 한 줌 정도의 울음이 섞여있다고 느낀 건 나만의 착각이었는지도 모른다. 어디까지나 동정심은 아니었다. 그저 그녀에게서 발견된 나에 대한 연민 정도.

"정말 웃긴 건 그다음이에요. 그날 집에 가서 다이어 트 약을 몽땅 버렸어요. 그러고는 온 식구에게 선포했 어요. 나 이제부터는 절대 다이어트 안 해. 나 이대로 살 거야. 마음 편하게 먹고, 주변 사람 신경 안 쓰고 옷 입을거야. 그러니까… 그러니까 아무도 방해하지 마… 웃기죠?"

"아니요. 안 웃겨요."

평소 어휘가 부족하다는 것을 알고는 있었지만 그날 또다시 확인했다. '안 웃겨요' 대신 '저도 그래요' 혹은 '저도 비슷한 마음이에요'라는 뜻의 내 마음을 전달하 고 싶었다. 하지만 순간적으로 텅 비어버린 머리는 순 발력이나 재치를 발휘하지 못했다. 『1984』에서나 등장 할 단어밖에 기억나지 않았다.

"아니요."

"안 웃겨요."

그녀의 이야기는 음악 같았다. 마음을 느슨하게 만들

어주었고, 장르와 상관없는 음표를 내 머릿속에 그려주고 있었다. 전화기가 울리지 않았더라면, 그녀의 리듬에 맞춰 함께 지나온 노래를 불렀을지도 모른다. 금방 가겠다는 문자를 보내면서 자리에서 일어났다. 다음에 또 오겠다는 인사와 함께 카페 문을 나서는데 그녀의 고백 같은 독백이 나를 배웅하고 있었다.

"굉장히 편안한 느낌이었어요. 하여간 그 순간이었어요. 뭔가 입안으로 흘러들어오고 있었어요…."

사랑한다. 사랑해

　　　　　　　　오랜만에 나온 봉사활동이다.
내가 하는 일은 장애인을 위한 차량에 함께 탑승하여
하루 동안 곁에서 도와주는 활동이다. 학교 다닐 때 의
무적으로 채워야 하는 봉사시간에 알게 되었는데, 대학
입학 후에도 인연을 이어나가고 있다. 학기에 한, 두 번
정도 시간을 내어 다녀간다. 사실 어려운 게 없다. 휠체
어를 이용하는 분들이 타고 내릴 때 곁에서 도와드리는
것이 전부라고 해도 과언이 아니다. 휠체어를 이용하는
분들이 없는 경우에는 문을 열고 닫기만 하다가 끝날
때도 많다.

　　　　　　감사합니다

선천적 장애보다 후천적 장애가 많다는 사실은 봉사 활동을 하면서 알게 되었다. 스물두 살에 갑자기 하반신 마비가 와서 자유롭게 움직이지 못하게 되었다는 김 씨 아저씨. 20년째 휠체어 생활을 하고 계신다. 처음 김 씨 아저씨를 만났을 때 '이 분은 장애인이 아닌 것 같은데'라는 착각을 했다. 먼저 차에 올라타 있는 상태에서 아저씨를 만났고, 나처럼 봉사 활동하러 온 사람이라고 생각했었다. 서서히 차가 이동하는 모습에 '오늘 태울 사람이 없나 봐요?'라고 묻자 뒷자리에 있던 김 씨 아저씨가 대답했다.

"오늘 태울 사람, 여기 탔는데….'

김 씨 아저씨는 내가 알고 있는 그 어떤 사람보다 긍정적인 분이셨다. 그때 알았다. 긍정적이라고 해서 문제가 없는 게 아니라는 것을. 아저씨가 몸이 불편해진 후 부인은 집을 나갔고, 하나밖에 없는 딸도 돈을 벌어 오겠다며 서울로 갔다고 했다. 그러면서 아저씨는 낮은 목소리로 애매한 말을 붙이셨다.

"가장이 무너지면… 집이 무너져. 가장은 무너지면 안 돼. 가정이 깨질 수도 있다는 생각을….'

장가는커녕 대학 졸업도 하지 않은 나였지만, 아저씨의 말끝에는 뭔가 묵직한 것이 매달려있었다. 침묵 속으로 사라지더라도 버텨야 하고, 멈추고 싶어도 멈추면 안 되는 사람이 가장이라고 얘기하는 것 같았다. 평소 결혼을 빨리하고 싶다는 말을 하고 다닌 나였지만, 그날만큼은 '빨리 가장이 되면 안 되겠는데…' 라는 말을 혼자 몇 번이나 곱씹었는지 모른다.

김 씨 아저씨와 헤어지고 만난 사람은 올해 23살의 예천이. 예천이는 나와 동갑이었다. 17살 때 갑자기 앞이 잘 보이지 않아 안과를 찾았는데, 그때부터 조금씩 시력이 나빠지더니 작년에 1급 시각장애인 판정을 받았다고 했다.

"망막… 색소… 변. 성. 증?"

예천이는 자신을 실명에 이르게 만든 병의 이름도 제대로 외우지 못하고 있었다. 나 역시 생전 처음 듣는 이름이었다. 관광학과에서 의학용어를 접하는 경우는 의료관광 쪽으로 취업 준비하는 친구들뿐이다. 망막색소변성증. 나중에 친구에게 물어 알게 되었다. 망막에 색소가 들어가면서 망막이 파괴되는 병이라는데, 망막 파

감사합니다

괴라는 단어를 눈이 받아들이기 전에, 몸과 마음이 먼저 파괴된다고 했다. 이름조차 생소했다. 유명 연예인 덕분에 조금 알려지긴 했지만, 당사자들이 자신의 병을 받아들이는 데 아주 많은 시간이 필요하다고 들었다. 예천이도 비슷했던 모양이다. 눈이 나빠졌나 보다 생각했지, 실명이 될 거라고는 상상도 못했다고 했다. 거기에 사춘기가 겹치면서 이렇게 사는 것보다 차라리 죽는 게 낫다면서 자살 소동을 일으켜 예천이 어머니는 회사를 그만두고 24시간 예천이 옆에 붙어 있다고 했다. 예천이 어머니가 창밖으로 고개를 돌리면서 혼잣말했던 그날의 모습이 지금까지 잊히지 않고 있다.

"내가, 내가 멀었어야 되는데… 차라리 내가…."

예천이와 예천이 어머니를 내려드리고 천천히 집으로 걸어가는 길이었다. 아직까지 일을 마치지 않았을 엄마가 생각났다. 목소리라도 들을 생각으로 핸드폰을 꺼냈지만 점심시간이 지난 터라 통화는 어려울 것 같았다. 아쉬운 마음에 문자를 넣었다.

「엄마, 식사하시면서 일하세요.」

예상한 대로 답은 없다. 마트에서 일하는 동안에는

핸드폰을 자유롭게 사용하지 못한다고 들었다. 아주 가끔 아쉬울 때가 있지만 이제는 그 정도는 이해할 수 있는 나이가 되었다. 아쉬운 마음에 한 줄을 더 넣었다.

「엄마, 사랑해요.」

모르긴 몰라도 엄마는 확인하는 대로 답장을 보내줄 것이다. 언제나 그랬으니까.

「아들, 엄마도 아들 사랑해. 많이 사랑해」라고.

10년 전, 그러니까 내가 초등학교 6학년 때, 엄마는 암 수술을 했다. 처음에는 아버지와 형, 누나, 그 누구도 나에게 엄마의 병에 대해 알려주지 않았다. 엄마가 병원에 입원했다는 사실도 몰랐다. 아버지는 엄마가 외할머니와 여행을 갔다고 했고, 나는 그 말을 의심 없이 믿었다. 하지만 여행에서 돌아온 엄마는 하루 종일 누워 지냈고, 외할머니가 한 달 동안 함께 집에서 생활하면서 알게 되었다. 엄마가 암 수술받고 왔다는 사실을. 그날 저녁 방에서 얼마나 울었는지 모른다. 나도 알만큼은 알고 있었다. 암이 죽을 만큼 아픈 병이라는 것, 암에 걸려 죽은 사람이 많다는 것까지 모두 알고 있었다. 충격적이었다. 그렇지만 엄마 앞에서는 입술을 꽉

감사합니다

깨물면서 참았다. 내가 울면 엄마가 더 아플 거라고, 암은 스트레스가 원인이라고, 생각보다 알고 있던 게 많은 나였다. 그렇다고 해도 밤에는 사정이 달랐다. 일찍자리에 누워 혼자 밤새도록 운 적이 많았다. 소리도 내지 못하고 이불을 깨물고 끙끙거리면서 울었다. 별의별 생각이 들면서 밤새 잠들지 못한 날도 많았다.

'엄마가 갑자기 사라지면 어떻게 하지….'

'엄마가 없어지면….'

누나와 형은 아무렇지 않은 것처럼 보였다. 오히려 내가 아는 척, 몇 마디를 건네면 도리어 혼을 냈다. 그때부터 일부러 나도 아무렇지도 않은 척 행동했다. 특히 엄마 앞에서는 더욱 그랬다. 누나와 형 모두 그렇게 했으니까. 언젠가는 모든 것을 설명해 주는 날이 오겠지, 그런 상상을 하면서 말이다.

하지만 그렇게 열심히 마음을 먹는다고 해도 밤은 쉽게 달라지지 않았다. 울음이 조금씩 잦아들기를 기다릴 수밖에 없었다. 중학교에 입학하고부터는 많이 나아졌던 것 같다. 지금은 엄마의 건강이 좋아져 짧은 시간의 아르바이트는 할 수 있게 되었다. 언제 그런 일이 있었 나는 것처럼 많은 기억이 흐릿해졌지만 여전히 한 번씩 새벽에 잠이 깨는, 잠이 달아나는 이상한 일이 벌어지 곤 한다. 그렇다고 해서 엄마에게 걱정을 드러내거나 마음을 표현하지는 않는다. 세상의 모든 신들에게 기도 를 올릴 뿐이다. 엄마가 건강하기를, 엄마가 오래 곁에 머물러 주기를.

엄마에게 문자를 보내게 된 것에는 같이 공부하는 친 구 지후의 영향이 컸다. 지후 어머니께서 검진 때문에 병원에 입원하게 되었을 때였다. 시험 때문에 함께하지 못하는 지후가 문자를 보내고 있었다.

「어머니, 검진만 받는 거니까 마음 편하게 먹으세요. 어머니. 사랑해요.」

지후의 생소한 모습이 낯설었지만, 그날 나는 아주 중요한 사실을 발견했다. '사랑한다' 라는 표현을 받기 만 해서는 안 된다는 것을, '사랑한다'라는 표현을 할 수 있어야 한다는 것을, 표현할 수 있는 상황이 주어진 것이 혜택이라는 것을. 지후의 모습에 용기를 얻은 날, 태어나서 처음으로 엄마에게 아주 짧은 문자를 넣었다.

「엄마, 사랑해요.」

낯간지러운 문자를 보내 놓고 혼자 괜한 짓을 한 게 아닌가 걱정하고 있을 때였다. 내 모든 걱정을 한꺼번에 날려준 문자가 도착했다.

「아들, 엄마도 아들 사랑해. 많이 사랑해.」

둘째야, 둘째야

몸에서는 땀이 비 오듯 쏟아지고 있다. 5층 아파트에서 바라보면 한눈에 들어오는 산을 한 시간째 뛰어다녔다. 아무리 찾아봐도 보이지 않았다. 잃어버렸다고 생각하고 낙심하면서 걸어왔다. 산을 청소하듯 후들거리는 두 다리를 끌면서 내려왔다. 마지막 남은 힘을 끌어모아 가게 앞 의자에 털썩 주저앉았다.

'도대체, 도대체 어디로 간 거지?'

'어디에서 잃어버린 거지?'

마음을 추스르지 못한 채 허망한 시선으로 다시 산 쪽으로 바라보았다.

감사합니다

그때였다. 산 끄트머리에서 형체를 알아볼 수 없는 작은 것이 빠른 속도로 달려오고 있었다. 처음에는 헛것을 본 줄 알았다. 잘못 봤나 싶었다. 사정없이 두 눈을 비볐다. 잘못 본 게 아니었다. 나를 알아보고 정신없이 달려오는 모습이 확실히 둘째였다.

"둘째야, 둘째야."

벗어놓은 신발을 밟으면서 앞으로 뛰어나갔다.

"둘째야, 둘째야. 어디 갔던 거야? 어디 갔던 거야?"

박 씨의 입에서 세상에 존재하는 모든 신들이 연거푸 쏟아져 나왔다.

"하느님, 감사합니다. 부처님, 예수님, 감사합니다. 마리아 님, 감사합니다. 모두 감사합니다. 모두, 모두."

결혼 후 서울로 시집간 딸이 아내 생일날 선물이라며 강아지를 분양받아 왔다. 딸을 시집보내고 헛헛해하는 엄마를 위한 선물이라고 했다. '시추'라는 강아지로 '시추'가 중국어로 '사자'라는 뜻이라고 했다. 하지만 이름과 달리 애교가 많아 사람을 잘 따라 가정에서 많이 키운다고 했다. 털도 많이 빠지지 않는다는 말과 함께 한 달 치 사료까지 듬뿍 챙겨온 딸은 우리의 마음을 꿰뚫어보고 있었다.

"엄마, 아빠. 너무 적적해하지 마시고 얘를 둘째라고 생각하면서 생활해보세요. 이 녀석이 얼마나 예쁜 짓을 많이 하는지… 이참에 이름도 아예 둘째라고 지어도 괜찮을 것 같은데."

아내의 두 손에 안겨 있던 강아지는 졸지에 둘째라는 이름을 얻게 되었고, 둘째라는 이름이 싫지 않았는지 눈꺼풀이 조금씩 내려오더니 맘 편하게 잠을 청하고 있었다.

아내와 달리 솔직히 나는 강아지를 좋아하지 않는다. 싫어하지 않으니 좋아한다고 얘기할 수도 있겠지만, 정확한 표현으로는 '좋아하지 않는다'가 맞을 것이다. 아무리 털이 빠지지 않는다고 얘기해 줘도 눈에 보이지 않는 털이 집안을 날아다닌다는 생각을 떨쳐버릴 수 없었고, 자주 환기시킨다고 해도 집안 곳곳에 스며드는 강아지 특유의 냄새가 좋을 리 없었다. 매일 아침 아내가 산책을 데리고 나가 배변활동을 하도록 연습시킨다고 하지만, 내가 숨 쉬고 생활하는 이 공간 어딘가에 흔적을 남길 수도 있다는 상상은 생각만 해도 찜찜했다.

감사합니다

하지만 아내는 달랐다. 언제나 다정했고 친근했다. 마치 딸을 키울 때처럼. 그 시절로 돌아간 사람처럼 웃는 일이 많아졌다. 번거롭게 느껴질 수도 있는 일인데, 귀찮게 여기는 일이 없었다. 익숙해질 때까지 화장실에서 배변활동을 할 수 있도록 연습시켰고, 수시로 씻겨주어 몸에서 좋은 향기가 떠나지 않도록 유지해 주었다. 그런 정성 때문이었을까. 나 역시 자연스럽게 정이 들었고, 같은 지붕 아래에서 함께 생활한 지 올해로 10년이 되었다.

둘째는 내가 현관문을 열고 들어서면 어디에 있었는지 모르겠지만 잽싸게 달려 나와 입구에서 꼬리를 흔들었다. '잘 다녀오셨어요?'라고 인사하는 것처럼 반갑게 맞이해 주었다. 그런 모습을 지켜보면서 아내는 신기하다는 듯 말했다.

"씻겨 주고, 먹여 주고, 아침마다 산책시켜주는 사람은 난데, 둘째는 당신이 제일 좋은가 봐요. 당신 모습만 보이면 저렇게 달려 나오는 걸 보면."

함께 생활하면서 누가 대장인지를 알아낸 똑똑함인

지, 무심한 표정이지만 한 번씩 안아주는 느낌이 싫지 않았는지, 하여간 둘째는 나를 잘 따라주었다. 그런 둘째를 오늘 산에서 잃어버린 것이다. 앞서 달려가다가도 뒤따르는 내 모습이 보이지 않으면 그 자리에 멈추는 녀석이었다. 그렇게 한참을 있어도 모습이 나타나지 않으면 갔던 길을 재빨리 되돌아왔다. 그랬기에 앞서 달려 모습이 보이지 않아도 별로 걱정하지 않았다. 곧 보이겠지, 생각했었다. 하지만 이번엔 아니었다. 조금만 더 앞에 가면 있으려나, 조금만 더 앞에 가면 있으려나, 걸음을 재촉했지만 허사였다. 어디에서도 둘째의 흔적을 찾을 수 없었다.

요즘 산에 덩치 큰 개가 돌아다닌다고 했는데 그놈한테 잡힌 건 아닐까. 지금도 개 장수가 있다던데, 혹시 그 사람한테? 별의별 생각이 다 들었다. 아내가 몸살로 아프지만 않았더라면 얼마나 좋았을까, 가볍게 동네 한 바퀴만 걷고 돌아갔으면 어땠을까, 괜히 조금 더 걷겠다고 산 쪽으로 와서 둘째를 잃어버렸다는 생각이 들면서 마음이 괴로웠다. 그러더니 급기야 '둘째가 우리 집에 오지 않았더라면 이런 일도 생기지도 않았을 텐데'라는 생각까지 들었다. 이때는 걸리는 사람이 죄인이었다. 하느님이든, 부처님이든, 예수님이든, 마리아 님이든. 나중에는 둘째를 데려온 딸까지 목록에 올랐으니, 그 순간을 빠져나갈 수 있는 사람은 없었다.

머릿속이 하얘지는 느낌과 함께 심장이 땅속으로 곤두박질치는데 도무지 정신을 차릴 수 없었다. 한 시간 동안 뛰어다닌 심장이 여기저기 부딪치며 간신히 속도를 줄이고 있었다. 바로 그때 산 쪽에서 달려오는 둘째를 발견한 것이다.

"둘째야, 둘째야."

모든 원망이 사라졌다. 아니, 원망을 했었다는 사실조차 기억나지 않았다. 그저 모든 것이 고마워졌다.

"하느님, 감사합니다. 부처님, 예수님, 감사합니다. 마리아 님, 감사합니다. 모두 감사합니다. 모두, 모두."

이제는 숨을 쉬어도 된다는 허락을 받은 것처럼 호흡이 조금씩 제자리를 찾아가기 시작했다.

Way back home

　　　　　　　"큰 아들은 Y 대학교, 둘째는
K 대학교를 다니고 있어요."

"정말 대단하세요."

"비결이 뭐예요?"

동네에서 지희 큰 아들이 Y 대학교, 작은 아들이 K 대학교를 다닌다는 사실을 모르는 사람이 없을 텐데, 매번 처음 들려주는 말투와 처음 듣는 표정이다. 참 신기한 일이다. 어떤 포지션에 있어야 할지 방황하다가 슬그머니 빠져나왔다. 괜한 심통이 생겨나는 것도 잠시, 제주에서 혼자 생활하고 있는 아들이 궁금했다.

「아들, 잘 지내고 있니? 엄마도 잘 지내고 있어. 아들

사랑해」

아들에게서 답장이 왔다.

「네. 잘 지내고 있어요. 어머니도 잘 지내시죠?」

역시 간단명료하다. 언제나처럼 오늘도 아들의 문자를 분석하고 재해석해 본다.

「네. 어머니. 저는 잘 지내고 있어요. 걱정하지 마세요. 어머니도 잘 지내고 계시죠? 어머니 보고 싶어요. 사랑합니다」

한결 마음이 편안해진다. 이유는 모르겠지만 이렇게 재해석하고 나면 진짜 잘 지내고 있다는 생각이 들면서 안심이 된다. 어디까지나 근거 없는 이야기지만.

아들은 어릴 때 몸이 많이 아팠다. 아니, 내가 아팠다. 누구 말처럼 죽을 고생하고 낳은 아들이다. 백일까지 침대에 누워서 생활했다. 하나뿐인 손주 걱정에 친정엄마는 근심 가득이었다. 그런 엄마에게 어디서 나온 배짱인지는 모르겠지만, 큰소리로 단호하게 떠들었던 기억이 난다.

"잘 자랄 거야. 튼튼하게 자랄 거야. 그것도 아주 튼튼하게."

바람대로 아들은 튼튼하게 잘 자라주었다. 너무 튼튼하게 잘 자라주었다. 185cm, 98kg이다. 중학교에 다닐 때는 유도부에서 활동했을 정도였다. 특별한 재능보다는 키가 크고 힘이 좋아 보인다는 이유로. 하지만 매일 반복되는 훈련은 기초 체력이 부족한 아들에겐 힘겨운 일이었다. 유도를 시작하고 얼마 되지 않았을 때였다. 저녁밥상을 앞에 두고 울상이 된 아들이 울며불며 애원했다.

"엄마. 나 유도 안 하고 싶어. 엄마. 나 힘들어. 엄마가 얘기 좀 해줘. 제발. 응?"

아들 바보인 나는 남편 핑계를 대며 선생님께 전화를 넣었다.

"선생님. 남편이 지금부터는 공부에 전념해야 할 때라고 하네요. 죄송합니다."

계획에도 없던 아들의 공부는 그렇게 시작되었다. 공부에 대해 큰 뜻은 없었지만 다행히 크게 벗어나지는 않았다. 무엇보다 아들 주위에는 공부 잘하는 친구들이 많았다. SKY를 꿈꾸는 친구, 외국 유학을 준비하는 친구, 진로탐색을 위해 방학동안 도서관 자원봉사를 신청

했다는 친구까지, 지희의 둘째가 그중에 한 명이었다. 초등학교에 다닐 때부터 단짝이었는데, 같은 고등학교에 가게 될 거라고는 생각도 못 했었다.

아들은 복(福)을 조금 타고난 것 같았다. 주위에서 운동 그만두고 나면 옆으로 빠진다는 얘기를 많이 들었는데 운이 좋게도 아들은 그러지 않았다. 친구 따라 강남 가는 분위기로 수학 학원도 자발적으로 등록했다. 성적이 눈에 띄게 오르는 것은 아니지만 중간은 놓치지 않았다. 학교 선생님과 학원 선생님이 얘기하는 가장 어려운 구간, 아들은 중간에서 요지부동이었다. 사정이 이렇다 보니 상담을 갈 때마다 선생님이 난감한 표정을 지으며 어렵게 상황을 전달했다.

"공부를 아예 잘해버리면 쉬운데, 원진이는⋯."

"그렇죠?"

"포기하기엔 아깝고⋯."

"그렇죠?"

유도를 그만둔 후, 대학 입학 전까지 가장 많이 들었던 소리였다. 처음에는 곧이곧대로 믿었다. 하지만 어디를 가든, 누구를 만나든 매번 비슷한 소리를 듣던 어느 날, 귓가로 이상한 아라비아어가 들려오기 시작했다.

"공부를 잘하면 학교를 정하는 것도 쉽고, 방법도 찾기 쉬운데. 원준이는 그게 아니어서 많이 어렵습니다. 운에 따라서 될 수도 있고, 아닐 수도 있고. 아무래도 원진이와 어머님께서 알아서 판단하셔야 될 것 같습니다"

결국 아들과 나의 몫이라는 결론이 났고, 고등학교 1학년 때 우리는 진지한 얘기를 나누었다. 지금 생각해 보면 어딘가 어설펐지만, 그 어느 때보다 의미심장한 대화였던 것 같다.

"원진아. 대학이 전부는 아니지만, 대학이 중요한 것은 맞아. 혹시 가고 싶은 학교가 있니?"

"S 대학교."

"응?"

"엄마, S 대학교!"

"서울의 S 대학교?"

배시시 웃으면서 얘기하던 아들의 얼굴을 떠올리면 지금도 입꼬리가 올라간다.

"아니~~ 제주에 있는 S 대학교!"

"아… 제주?"

감사합니다

순간적으로 속마음을 드러낼 뻔했다.

"원진아, 거기 가기 힘들어. 거긴 네 성적으로는 힘들어…"라고 말할 뻔했다. 하지만 어떤 말도 하지 않았다.

"S 대학교? 생각해둔 과도 있니?"

"관광 복합 학과? 거기 생각해 보고 있어요."

"그래?"

"지금 여기저기 알아보고 있어요. 엄마, 너무 걱정 마세요. 내가 좀 더 찾아보고 얘기해 줄게요."

"엄마 도움 필요하면 얘기하고….."

"넵! 어마마마."

아들의 서글서글한 대답이 환한 미소와 함께 반짝거렸다.

그 이후로는 별로 어렵지 않았다. 아들은 정보를 알아왔고, 필요한 것들에 대한 조언을 구하기 시작했다. 인터넷 카페를 통해 궁금한 것을 찾아보기도 하고, 담임선생님과 면담도 자주 하는 것 같았다. 남아있는 기간 동안 아들은 누구보다 열심히 준비했다. 지희와 함께 집 앞에 새로 생긴 카페에서 커피를 마시고 있을 때 아들의 합격 문자를 받았다.

「아들. S 대학교 합격. 친구와 축하 파티하고 친구 집에서 자고 감」

피식 웃으면서 아들의 문자를 분석하고 재해석했다.

「어머니 저 S 대학교에 합격했어요. 기분이 너무 좋아요. 친구들과 함께 축하 파티하기로 했어요. 밤새 놀고 친구 집에서 자고 갈 것 같아요. 그렇게 해도 되겠죠?」

한결 마음이 편해진 마음으로 아들에게 답장을 보냈다.

「축하해. 재미있게 지내다가 오렴」

무슨 일인지 궁금해하는 지희에게 아들 얘기를 해주었다.

"잘 됐다! 원하는 곳에 합격하면 그걸로 된 거잖아!"

"그렇지! 진수도 합격했지?"

"응. 내일 출국한다고 들었어. 친구들하고 일본 간다고 하던데…."

"잘 됐다. 너도 그동안 고생 많았어."

"원진이도 잘 됐어. 진짜. 고생 많았어. 너도."

딱 거기까지였다. 멈추어야 하는 지점을 우리는 너무 잘 알고 있었다. 넓은 들판에서 자유롭게 날아오르려는 아이들을 애써 커피 잔 속으로 끌어들이지 않았다.

지희는 초등학교 학부모 모임에서 만났다. 아들과 지희의 둘째가 같은 반이 되면서 알게 되었다. 나이가 동갑이라는 사실은 보다 확실한 연결고리를 만들어주었고, 우리는 금세 친구가 되었다. 고백하면 처음에는 보이지 않는 경쟁심에 공부 잘하는 진수와 공부에 흥미 없어 보이는 아들로 인해 속앓이를 많이 했다. 하지만 지희와 나는 서로에게 다른 종류의 아픔과 슬픔이 있다는 사실을 알게 되었고, 그것은 호의로 이어져 갈림길이 생길 때마다 어떤 길을 선택하든 응원해 주는 사람으로 남게 되었다. 우리 모두 아이를 처음 키우는 사람이라는 것, 자기 아이가 잘 되길 바라는 마음에는 위, 아래가 없다는 것, 내 아이만큼이나 친구 아이도 소중하다는 것 등 암묵적으로 동의한 것들이 있어 불편함 없이 지금까지 잘 지내오고 있다. 오히려 주위의 시선이나 맥락 없이 던지는 조언이 마음을 불편하게 만들 뿐이었다.

"진수 엄마와 같이 있으면 힘들지 않아요?"

"괜히 비교도 되고."

"속상한 일이 많을 것 같아요. 애들 성적이 엄마 성적이라고 하잖아요."

"진수 엄마는 몰라도 원진 엄마는 속상할 것 같아서요…."

주변에서 들려오는 어떤 이야기도 의미를 만들어내지 못했을 뿐만 아니라 도리어 지희와 나의 관계를 더욱 특별하게 만들어주었다. 그러고 보면 아들만 복(福)이 있는 게 아니라 나도 복(福)이 좀 있는 것 같다.

멈춘 시간 속 잠든 너를 찾아가
아무리 막아도 결국 너의 곁인 걸
길고 긴 여행을 끝내
이젠 돌아가 너라는 집으로
지금 다시 Way back home

숀의 〈Way Back Home〉 노래와 함께 전화가 울렸다.

지희였다. 학부모 강연이 끝난 모양이다.

감사합니다

"여보세요?"

"어디 있어? 안에 있는 줄 알았는데, 끝나고 보니까 안 보이네."

"거기 있다가 나왔어. 잘 끝났어?"

"응. 어디야?"

"신호등 건너편에 바로 보이는 카페, 나 아메리카노 마시고 있는데, 뭐 주문할까?"

"아메리카노."

"천천히 와."

"응. 조금만 기다려."

숀의 노래를 다시 듣고 싶다는 생각이 들었다.

이어폰을 꺼내 볼륨을 높였다.

멈춘 시간 속 잠든 너를 찾아가

아무리 막아도 결국 너의 곁인 걸

길고 긴 여행을 끝내

이젠 돌아가 너라는 집으로

지금 다시 Way back home

사랑합니다

네가 면접 가는데 우리가 다 떨린다

　　　　　　　　　승진아. 오랜만에 편지를 보낸다.
그 일이 있고 두 달이 흐른 것 같다. 만나서 얘기할까
생각하기도 했지만 메일을 먼저 보내본다. 너도 눈치챘
겠지만(그래서 문자 보냈겠지) 요즘 애들이 너 피하는
거 사실이다. 조금 서운하게 느껴지겠지만 어떻게 된
상황인지 오늘 내가 설명을 좀 해볼게.

　승진아.
　취업이 좀 잘되지 않아서 힘들 수 있겠지만, 취업된
아이들이 한턱낸다고 만날 때마다 술자리에서 매번 문
제가 생겼잖아. 그래, 네가 공무원 준비로 마음고생 했

　　　　　　　사랑합니다

었다는 것, 다른 친구보다 부족한 게 없는데 자꾸 떨어져 억울해하는 것도 모두 알고 있어. 가만히 생각해 보면 네가 우리 중에서 가장 먼저 취업할 줄 알았어. 취업 앞두고 얘기할 때 너도 그렇게 생각했겠지만, 우리도 그렇게 생각했어. 학점, 토익, 자격증 어느 하나 밀리는 게 없는 네가 우리 중에 가장 먼저 취업을 하게 될 거라고 말이야.

부러움의 대상이었지. 그런데 어떻게 된 일인지 이해하기 힘든 일이 생겼어. 너보다 학점이 부족한 수현이도, 토익점수가 부족하던 영식이도, 자격증 때문에 긴장하던 우진이도 합격하는데 희한하게 계속 너만 떨어지는 거야. 진짜 우리도 이상했어. 사실 그때까지는 누구도 생각하지 않았어. 왜 네가 자꾸 최종 면접에서 떨어지는지에 대해서. 하지만 두 달 전 술집에서 그 일이 있은 후, 같이 있던 애들 사이에서 '혹시 승진이 이것 때문에 자꾸 면접에서 떨어지는 거 아니야?' 라는 말이 나왔어. 그러면서 나온 얘기가 어떤 식으로든 일단 너에게 전달해 주는 것이 좋겠다는 쪽으로 결론이 났고, 초등학교 때부터 대학까지 동창이라는 이유로 내가 그

역할을 담당하게 된 거야.

　승진아.

　그날도 여느 날과 다르지 않았어. 너도 생각하던 대
로 일이 잘 되지 않아 속이 상했겠지만, 수현이가 그때
좀 복잡했잖아. 부모님께서 여자 친구를 반대해 고민이
많다고 했었잖아. 그때 소주를 몇 잔 걸친 네가 말했잖
아.

　"야, 뭘 걱정해. 그냥 같이 살아버려. 부모님이 네 인
생 살아주는 것도 아닌데, 나라면 그렇게 할 텐데, 넌
매사에 박력이 좀 부족해…."

　"그냥 살아버려… 라니… 그걸 말이라고 하냐?"

　"한 번밖에 못 사는 인생이야, 짧고 굵게 사는 거야.
뭘 그렇게 부모님 눈치를 보면서 살아?"

　"…."

　딱히 잘못 살고 있는 것도 아닌데, 뭔가 잘못 살고 있
는 것 같은 분위기가 흘렀고 수현이는 입을 다물었지.
잠시 침묵이 흘렀고, 연거푸 소주잔을 비우고 있던 영
식이가 거들었지.

　　　　　　　사랑합니다

"이왕이면 부모님 허락받고 싶은 마음… 나는 그 마음 알 것 같은데."

"영식이 넌 뭘 몰라. 부모님이 살던 시대와 지금은 달라. 욜로 몰라? 아모르파티! 지금이 중요한 거야. 지금 내가 하고 싶은 것이 제일 중요한 거야. 자기가 하고 싶은 거 하면서 사는 게 좋은 거야"

유식해 보이는 용어에 밀렸는지, 아직까지 하고 싶은 것을 찾지 못했다는 소리에 주눅이 들었는지 영식이도 주춤하면서 물러났지.

"내가 중요한 건 맞지. 근데. 부모님도 중요하잖아…"

"부모님 문제도 그래. 내가 있어야 부모님도 있는 거야. 내가 행복해야 부모님도 행복한 거야… 부모님이 나를 대신해 주지 않잖아?"

억지 같기도 하고, 논리적인 것 같기도 해서일까. 몇 마디 말을 더 보태려던 수학과의 우진이도 증명하기를 포기했지.

하여간 늘 좀 그랬어. 무슨 얘기, 그러니까 고민이나 걱정을 얘기하면 승진이 너는 단칼에 정리하는 스타일이잖아. 단단하게, 쿨하게… 가끔 유명한 말이나 어려운 용어로 분위기를 바꾸기도 하고… 알고 있는지 모르겠지만, 정확하게 뭐라고 설명하기는 어려운데 애들 사이에서 너하고 얘기하다 보면 억울한 기분이 많이 든다고 해. 시원하게 표현하는 건 좋은데 너만 시원해지는 느낌이라고나 할까. 하여간 애들이 그런 느낌을 종종 받는다고 했고, 솔직히 고백하면 나도 비슷한 느낌을 몇 번 받았었고…

　처음에는 네가 술에 취해서 그런가 생각했어. 하지만 그게 아니었어. 카페에서도 사정은 다르지 않았으니까. 병학이 결혼식에 갔던 날 기억나는지 모르겠는데. 결혼식을 마치고 잠시 카페에 둘러앉아 얘기하던 날도 상황이 비슷하게 흘렀어. 혼수 준비로 고민하는 민식이한테 요구할 건 정확하게 요구하라고 했잖아. 그러려고 결혼 정보 회사 통해서 결혼하는 거 아니냐고. 당연한 걸 왜 고민하고 있냐고 툭 던지는 네 말에 민식이가 고개를 절레절레 흔들던 모습… 너… 못 봤지? 승진아. 모임에서 자꾸 일이 틀어지니까 애들이 나한테 특명을 줬어. 이러다가는 잘못하면 승진이 얼굴 안 보고 살 게 될 것

　사랑합니다

같다고. 상황이 어떤지 정확하게 설명해 줄 사람이 필요하다고. 이게 오늘 편지의 핵심이라면 핵심이야.

"혹시 승진이가 면접 가서도 저러는 거 아니야?"

"에이… 설마…."

"면접 가서도 그러기야 하겠어?. 좋은 말 하고, 잘하고 오겠지…."

"서류 통과에는 문제가 없는데 면접에서만 계속 떨어지는 건… 면접에서 뭔가 실수를 한다는 거잖아."

"….."

"… 그런가?"

"그렇다고 우리가 해 줄 수 있는 건 없잖아?"

"대신 면접 가는 것도 아니고….."

"그렇기는 한데….."

"승진이가 모를 수도 있으니….."

"모르고 그럴 수도 있으니까…. 이런 것 같아… 정도는 알려주는 게 낫지 않냐?"

"듣기는 하는데, 끝까지 안 듣는다고?"

"자기 마음대로 결론 내린다고?"

"듣는 사람 기분 생각 안 한다고?"

"그렇다고… 그 얘기를 어떻게 대놓고 하냐?"

"하긴….'

"요새 갈수록 면접이 까다롭잖아….'

"그렇지… 분명 어디서 걸리는 것 같은데….'

"승진이 자꾸 떨어지니까 갈수록 더 까칠해지는 것 같지 않냐?"

"그러니까….'

"그러니까… 얼른 합격을 해야 해.'

"합격하고 나면… 지금 하고는 다르겠지….'

"그렇겠지?"

"그럴 거야….'

"그럼… 어떻게 하지?"

승진아. 다른 애들과 나눈 이야기까지 모두 적는 건, 너를 도우려고 하는 마음이 진심이라는 사실을 알려주기 위해서야. 우리 모두 네가 다음 주에 있을 면접에서 꼭 합격하기를 원해. 진짜야. 그래서 하는 말인데… 면접관 이야기하는 거 끝까지 듣고 그다음에 네가 하고 싶은 이야기하도록 해. 그리고 세상에 똑똑한 사람 진

사랑합니다

짜 많더라. 하고 싶은 말이 목구멍까지 올라와도 조금
만 참아. 듣는 사람 기분도 좀 생각 하고. 참 면접관 표
정도 꼭 살펴보고…

네가 면접 가는데 우리가 다 떨린다.
면접 끝내고 소주 한잔하자.

동상이몽(同床異夢)

"같이 아르바이트할까?"

처음 진주가 이야기를 꺼냈을 때 나와 상관없는 일인 것처럼 지나갔어야 했다. 지금 생각해 봐도 알 수 없는 일이다. 6월 초, 계절의 변화보다 계절을 따르지 못하는 마음이 문제였다. 좋지도 싫지도 않은 미적지근함에 슬슬 싫증이 나고 있었다.

"피부숍에서 일을 하면 피부 관리도 잘하게 될 거야."

"살 빼는 방법도 배울 수 있을 거야."

아르바이트라고는 호프 주방 서빙이 전부였다. 천직

이라고 여겨질 만큼 일은 어렵지 않았고, 재미있기까지 했다. 하지만 여름방학 전, 보름 정도 리모델링 공사에 들어가게 되었고 예상하지 못한 휴가를 받게 되었다. 그러던 차에 진주가 아르바이트 제안을 해왔다. 평소 친하게 지내는 화장품 가게 원장님이 운영하는 피부숍이라고 했다. 화장품 가게도 익숙하지 않은 사람에게 피부숍이라니. 생각해 보면 처음부터 아니야, 그건 내 일이 아니야라고 말했어야 했다. 하지만 나는 그날 무엇에 홀린 것인지 경계가 모호해지면서 변덕스러운 계절을 탓하며 '그럼 그럴까? 좋지'라는 문자를 보냈다. 피부숍에서 무엇을 하는지는 몰랐지만 얼굴에 화장품을 발라주는 정도라고 생각했었기에 깊은 고민이 필요하지 않았다.

진주와 함께 찾아간 첫날, 원장님의 자부심은 대단했다.

"피부 관리, 체형 관리 경력이 벌써 20년이야. 단골도 상당하고. 둘 다 이 일은 처음이라고 했지? 일 잘할 것 같아 보여. 체형관리 마사지 팀에 사람이 필요한데, 정확한 지점을 세심한 터치로 자극해서 긴장된 근육을 풀어주면 되는 거야."

가만히 듣고만 있던 진주가 웃으면서 얘기했다.

"원장님. 저는 마사지 아르바이트를 해 본 적은 없어요. 하지만 체형관리 마사지를 받아본 적은 있어요. 끝나니까 진짜 개운한 느낌이었어요."

"그렇지? 진주가 좀 아네."

원장님이 나를 보며 물었다.

"민정이라고 했지? 민정이는 마사지 받아본 적 있어?"

"저요? 저는… 한 번도…."

"그래? 내가 좋아야 다른 사람에게도 권할 수 있는 법인데…."

"네?"

"민정아, 저기 탈의실에서 가운으로 갈아입고 올래? 옷은 벗고 팬티만 입고 그 위에 가운 걸치면 돼."

"네에?"

"뭐. 라. 고. 요?"

은장도를 품고 다니는 조선시대 여인은 아니었다. 그렇지만 생전 처음 보는 사람 앞에 가운을 걸친다고는 하지만 팬티만 입고 나오라는 것에 대한 당혹함은 말문

사랑합니다

을 막히게 만들었다. 당황해하는 나에게 진주가 속삭였다.

"원래 체형관리 마사지 받을 때 그렇게 하는 거야. 얼른 입고 와. 너 공짜로 마사지도 받고 좋겠다."

"그럼… 네가 받을래?"

"나도 그러고 싶지. 근데 원장님께서 경험해봐야 안다고 하시잖아. 마사지 받으면 진짜 개운해. 얼른 가서 갈아입고 와."

윙크를 보내는 진주를 뒤로하고 탈의실로 걸어가는데 진흙 위를 걷는 것처럼 땅속으로 푹푹 빠지는 느낌이었다.

'누굴 탓해…. 내 잘못이지. 괜히 피부숍 아르바이트를 한다고 해가지고….'

'사장님은 왜 갑자기 호프집 리모델링을 하신다고….'

이런저런 생각으로 머리가 복잡했지만 정신을 차렸을 때는 이미 가운으로 갈아입고 침대에 누워있었다.

"일단 엎드려 누워봐… 가운 벗고. 그래야 마사지를 하지."

"네. 에?"

태어나서 처음이었다. 이렇게 환한 대낮에 옷을 벗고 침대 위에 눕는 일은, 그것도 처음 보는 사람 앞에서. 진주도, 원장님도 눈에 들어오지 않았다.

'미치겠네. 진짜… 괜히 한다고 해서… 내가 생각했던 건 이게 아닌데… 하긴 생각이란 것도 없었지만… 그렇다고 해도 이건….'

마사지라고 해도 맥주병 같은 것으로 여기저기 밀어 줄 거라고 상상했는데, 차원이 달랐다. 원장님이 진주에게 '이렇게 하는 거야'라는 설명과 함께 수시로 내게 느낌과 의견을 물었다.

"좋지? 몸이 개운해지는 느낌이 들 거야. 이게 마사지의 매력이야. 한번 받은 사람은 또 받고 싶어지거든."

머릿속에 떠오르는 것이 없었다. 자꾸 생각이 머릿속에서 사라지고 있었다.

"네…에."

"자, 이제 정면으로 누워봐."

"네…에?"

동공에서 지진이 일었다.

사랑합니다

"뭐. 라. 고. 하셨어요?"

"이제 뒤는 끝났고 앞쪽에 할 차례야."

그때부터는 아예 눈을 감았다.

'차라리 눈을 감자.'

멀쩡한 정신으로는 나를 주무르고 있는 원장님과 눈을 반짝이며 하나라도 배우겠다고 덤비고 있는 진주를 바라볼 수 없었다.

'단번에 거절했어야 했는데….'

피부숍이 뭐 하는 곳인지도 모르면서 따라왔다. 2주 정도 시간이 생겨서 그 기간에 조금이라도 돈을 벌 수 있으면 좋겠다는 생각뿐이었다. 본래 시간이 이렇게 늦게 흘러갔던가. 몸의 긴장을 풀어준다고 했는데, 내 몸은 시간이 갈수록 단단하게 경직되고 있었다.

"민정아. 힘을 빼. 힘을 빼고 편안하게 있어. 근육이 많이 뭉쳐있네…."

들리지도 않는 목소리로 허공을 향해 외쳤다.

'원장님… 힘이 저절로 들어가요. 도무지 힘을 뺄 수가 없어요. 이건 아니라고요. 제가 생각했던 건 이게 아니라고요.'

"자, 끝났다. 민정아 개운하지?"

"이제 가서 옷 입고 와. 식물 성분 오일로 마무리까지 좀 신경 썼어, 느낌 좋지?"

"네…에."

친절한 원장님의 설명이 완벽했다는 찬사를 날리는 진주, 내일 몇 시까지 오면 되는지 재차 확인하는 진주, 마땅한 말을 찾지 못한 채 진주의 입만 멍하니 바라보다가 간신히 입을 열었다.

"감사… 합니다."

"민정이는 직접 마사지를 받아봤으니까. 느낌이 올 거야."

"네…."

"둘 다 내일 아침에 10시까지 오는 거 잊지 마. 예약 손님 있으니까. 첫날이라 옆에서 도와주는 일만 할 거니까 힘들지 않을 거야. 늦으면 안 된다!"

"네. 원장님. 10분 전에 도착할게요."

"네…에."

도망치듯 빠져나왔다. 이상하게 억울한 느낌이 드는 건 기분 탓일까. 너무 좋았다는 진주, 이런저런 상상을 하며 말을 이어나가고 있는 진주는 어느새 피부숍 원장님이 되어 있었다. 6월에도 더위를 먹나, 혼자 그런 생각을 하면서 걸었다.

'제정신이 아니었어… 알아보지도 않고….'

'다음에는… 다음에는… 무턱대고 하겠다고 덤비지 않아야지….'

'진짜… 진짜….'

동상이몽(同床異夢)이라고 했던가.

피부숍을 빠져나오는 진주와 나를 두고 탄생한 말일 것이다.

이사 간 건 아니겠지?

　　　　　　올해 54살, 동갑인 그녀의 남편이 평소와 다르게 퇴근했을 때의 일이다. 여느 때 같으면 현관에서부터 요란한 인사로 시끌벅적해야 하는데 어딘가 이상했다. 인기척에 손을 씻고 현관으로 나온 그녀는 처음에는 옆집에서 난 소리로 착각했다. 하지만 가지런하게 놓여있는 신발을 발견하고는 안방을 확인했고, 남편이 침대에 말없이 걸터앉아 있는 것을 보았다. 남편은 비밀이라도 들킨 사람처럼 잠시 놀라는 표정을 지었지만 이내 아무렇지도 않은 척 그녀에게로 시선을 돌렸다.

"무슨 일 있었어?"

"아니. 일은 무슨 일…."

"그럼 얼른 씻고 저녁 먹으러 와. 오늘은 소진이도 안 찾고… 무슨 일 있는 거 아니지?"

"아니라니까. 일은 무슨 일…."

시금치나물로 향하던 젓가락이 멈칫하고 되돌아오기를 세 번 정도 했을까, 젓가락을 식탁 위에 올려놓으며 조심스럽게 그녀에게 말을 걸어왔다.

"저기 지난번에 자기가 사 왔던 약 있지?"

"응? 무슨 약?"

"저번에 자기가 나도 이제 바를 때가 되었다고 하면서 사 온 약 있었잖아…."

"새치… 염색약?"

"집에 있어?"

"갑자기 왜? 하얀 머리카락도 매력 있다면서?"

"그랬는데…."

"혹시 몰라서 서랍에 넣어두기는 했는데…."

"그래? 한번 사용해볼까 싶은데…."

"잘 생각했어. 나이 들어 보인다는 소리 쏙 들어갈 수 있도록 멋지게 발라줄게."

그녀는 갑작스러운 남편의 변화에 내심 기뻐하면서
도 속으로 얼마 가지 않을 거라고 생각했다. 주어진 상
황에 감사하고, 겉모습이 전부가 아니라고 주장하는 남
편은 부부모임을 가거나 가족모임(특히 친정식구 모임
일 때는 더욱 강하게 요구했지만)을 갈 때 머리 염색도
하고, 그녀가 추천해 준 옷을 입으면 좋으련만 요지부
동이었다. 홀로 독야청청(獨也靑靑) 이었다. 한껏 멋을
내어 남편에게 자랑하러 갔다가 겉모습이 중요한 게 아
니라 알맹이가 더 중요하다는 소리를 들은 적이 한두
번이 아니었다. 그런 남편이 갑자기 새치 염색약을 찾
고 있으니, 오래 살고 볼일이라고 생각하며 설거지를
하기 위해 자리에서 일어섰다.

유난히 집으로 택배가 많이 도착했다.
그녀가 주문한 거라고는 소진이 간절기에 입을 외투
와 주방 세제밖에 없는데 계속 벨이 울렸다.
"유지만 씨 계세요? 택배입니다."
"네, 잠시만요."
"유지만 씨 택배 왔는데, 집에 계시나요?"
"네, 잠시만요. 문 열어드릴게요."

"유지만 씨 댁이죠? 택배 왔습니다."

"아… 네… 잠시만요."

남편 앞으로 온 택배가 궁금했지만, 평소 자신의 물건에 손대는 것을 싫어하는 성격이라 궁금한 마음을 꾹 누르고 있었다.

딩동 딩동.

"소진아~~ 아빠 왔다."

적당한 감동과 반가움이 섞인 목소리로 남편이 소진이를 찾았고, 약속이나 한 듯 소진이가 제방에서 부리나케 달려 나와 품에 안겼다. 한바탕 소진이와 요란스럽게 뽀뽀 세례를 마친 남편이 그녀에게 물었다.

"택배 왔을 텐데, 어디 뒀어?"

"안방 화장대 옆에 뒀어."

"그래?"

숨을 고르며 안방 문을 여는 남편을 그녀가 빠른 걸음으로 뒤따라 들어왔다.

"그렇지 않아도 택배가 많이 와서 궁금했는데… 뭐 주문했어?"

"어… 그러니까 그게…."

가위로 택배 봉투를 조심스럽게 자르던 남편이 잠시 멈칫거리더니 그녀를 올려다보면서 조심스럽게 얘기했다.

　"티셔츠 하나 사고… 청바지도 샀어…."

　"티셔츠? 청. 바. 지?"

　"응…."

　아무리 생각해 봐도 이상한 일이었다. 남편은 청바지라면 기겁하는 사람이었다. 그런 남편이 청바지를 주문하고, 며칠 전에는 새치 염색약을 찾았다. 자세하게 설명할 수는 없지만, 지금 어떤 일이 벌어지고 있으며 자신만 모르고 있다는 생각이 순간 머리를 스쳐갔다.

　"자기는 양복바지만 입잖아. 등산 갈 때도 양복바지 입는 사람이… 갑자기 청바지?"

　"그게… 그러니까."

　"설마 이 티셔츠 자기 입으려고 산 거 아니지?"

　"그게 실은… 그러니까…."

　그렇잖아도 큰 그녀의 두 눈이 바깥으로 튀어나오기 직전이었다.

　남편의 갑작스러운 변화를 불안한 눈빛으로 바라보

고 있던 중이었다. 같은 동에 살고 있는 지연 언니가 소진 아빠가 좀 이상하다는 둥, 수상하다는 둥, 이렇게 저렇게 마음을 건드려도 무슨 말도 안 되는 소리를 하냐며 부인했었다. 하지만 다른 한편에서는 그럴만한 합당한 이유가 떠오르지 않았다. 조금 더 솔직하게 고백하면 그녀의 마음도 편치 않았다. 그녀만 모르는 어떤 다른 스토리가 진행되고 있다는 느낌, 혼자 뚝 떨어져 나와 배경이 된 것 같은 느낌을 지울 수 없었다.

요즘의 모습을 보면 분명 겉모습이 전부가 아니라고 얘기했던 예전의 남편이 아니었다. 전에는 거들떠보지도 않았던 칼라의 티셔츠는 물론, 청바지, 신발, 거기에 크로스백까지 배달되는 상황은 의심을 불러일으키기에 충분했다. 심증은 있지만 물증이 없는 상황이라고나 할까. 도저히 이대로는 안 되겠다는 결심은 그녀에게 전에 없던 용기를 만들어주었고, 결국 스스로 뚜껑을 열어보기로 마음먹었다. 어떤 상황이 벌어지더라도 절대 울거나 매달리지 않을 거야, 그래도 잘못을 빌면 용서해 줄까? 그 부부는 어떻게 되었다더라? 지난 주말에 본 막장 드라마를 떠올리며 방안 구석구석 제 마음대로 떠다니는 의문투성이의 물음표를 하나씩 끌어내렸다.

 오후 햇살이 거실에서 발자취를 감춘 어느 날, 크게 동요하지 않는 표정을 지으며 퇴근하는 남편을 따라 안방에 들어갔다. 남편은 코트를 침대 위에 걸쳐놓고 깊은 고민에 빠진 것처럼 옷장을 바라보고 있었다.

"내일은 무슨 옷을 입으면 좋을까?"

"응? 뭐?"

"내일 무슨 옷을 입으면 좋을 것 같은지 물어봤어…."

 우주에서 신호를 보내왔다. '지금이야' 라고.

"자기… 얘기 좀 해!"

"무슨?"

"그러니까…."

"응?"

"솔직하게 얘기해 줘. 나 전부 들어줄 수 있어."

"뭘?"

"나 전부 이해할 수 있어."

"지금… 무슨 이야기 하는 거야?"

 우주의 힘으로도 부족한지 자꾸 말이 엉켰다. 마음이

엉켰다는 표현이 더 정확하겠지만, 진실에 가까워지는 일은 역시 부담스러웠다.

"숨기지 말고 솔직하게 얘기해 줘."

"솔직하게… 뭘?"

"솔직하게 더하지도 빼지도 말고 다 이야기해 줘. 나는 모든 것을 들을 준비가 되어 있으니까."

"답답해… 도대체 무슨 말을 하고 싶은 거야?"

"자기… 요즘 여자 만나지?"

"뭐? 뭐라고?"

갑자기 머릿속이 하얗게 지워지는 느낌이었다. 강제로 어떤 생각을 해보려고 해도 맥락적으로도 맞지 않고 우연적으로도 연결되는 것이 없었다. 온도를 전혀 느낄 수 없는 말이 한글 창제의 원칙을 무시한 채 쏟아져 나왔다.

"무슨… 도대체… 말이… 그러니까… 내 말은… 무슨…."

"요즘 자기 여자 생긴 거 아니냐고… 지금 동네에 소문이 자자해. 소진 아빠 바람난 것 같다고…."

"뭐. 라. 고?"

산책을 하다가 새똥 맞을 확률이 과연 얼마나 될까. 가만히 있는 풍선이 순식간에 터지면 어떤 소리가 날까. 머릿속에서 요란스럽게 사이렌이 울기 시작했다.

삐… 삐… 삐…

이건 아니었다. 하지만 그런 와중에 피식 웃음이 새어 나오는 건 나이를 거저먹지 않았다는 뜻일 것이다.

"하여간… 아줌마들이란… 그런 거 아니야."

"아니야? 그럼 뭔데?"

"그런 거 아니라니까…."

"그러면 … 아니 그러면 도대체 요즘 왜 그러는데?"

자리를 피하고 싶었다. 하지만 그렇게 한다고 해서 해결될 것 같지 않았다. 어설프게 이야기를 했다가는 밤새도록 잠은 커녕, 아라비안나이트 후속작을 찍을 분위기였다. 정면승부만이 살 길이었다.

"젊어 보이고 싶어서."

"응?"

그녀는 그녀의 귀를 의심했다. 이런 사람이 아니었는데, 겉모습은 거들떠보지도 않았던 사람이었는데, 그동안 자신이 알고 있던 사람이 아니라는 생각에 커다란

사랑합니다

눈을 부릅뜨며 남편의 표정을 읽기 위해 노력했다.

"갑자기… 젊어 보이고 싶다니? 무슨?"

"그러니까 그게…."

"?"

"9층에 이사 온 아이 있잖아…."

"9층? 누구?"

"지난번에 장모님 생신 다녀오는 길에 엘리베이터에서 만났던 애…."

"아… 수현이?"

"수현이?"

"양쪽으로 길게 머리 땋은 수현이 말하는 것 같은데? 지난봄에 이사 온…."

"그럴 거야… 그 아이를 엘리베이터에서 만났거든…."

"그런데?"

"나보고 할아버지 몇 층 사세요? 그러는데…."

"응?"

"처음에는 아이라서 그런가 보다 했는데… 집에 와서도 계속 머릿속에서 떠나지 않는 거야. 도대체 어디를 봐서 할아버지라는 건지… 한 번도 그런 말 들어본 적 없는데… 어쩌다가 할아버지 소리나 듣고 있고… 잠을 자려고 침대에 누웠는데 말풍선이 계속 천장 위를 떠다니잖아. 할아버지 몇 층 사세요? 할아버지 몇 층 사세요? 할아버지 몇 층 사세요?…."

웃음이 터져 나오는 것을 억지로 참았다. 말풍선이 머리 위를 떠돌아다니는 모습이 저절로 상상이 되었고, 아홉 살 밖에 안 된 아이의 말에 며칠 동안, 아니 몇 주 동안 풀이 죽어지냈다는 남편의 고백이 귀엽게 느껴지기까지 했다.

"할머니… 소리 못 들어봤지?"

"뭐?"

"할머니…라는 말 들어봤어?"

"할머니는 무슨? 이모, 언니 소리만 듣고 살아가고 있는데…."

"자기는 내 마음 모를 거야. 이 나이에 할아버지 소리 듣게 될 거라고는…."

"괜히 걱정했잖아… 괜찮아. 애들이 뭘 알겠어? 그냥 툭 나온 말일 거야…."

사랑합니다

"자기는 몰라⋯ 할아버지라는 소리, 들어본 사람만 알 수 있는 거야⋯."

"그래⋯ 그럴 수 있어⋯."

"자기 일이 아니니까 그렇게 말하는 건데⋯."

"아니, 아직 어리잖아. 어려서 잘 모르고 하는 말이라는 거지⋯."

"염색도 하고, 청바지도 입고, 할아버지 아니라는 거 보여주려고 했는데⋯."

"이해할 수 있을 것 같기도 하고⋯."

"그렇지?"

"그럼. 그럼⋯."

"매일 신경 써서 다니고 있는데, 그날 이후로 만나지를 못했어⋯."

"응?"

"혹시 그 사이에 다른 데로 이사 간 건 아니겠지?"

"어?"

"할아버지 아니라는 거 꼭 보여줘야 되는데⋯."

"아⋯."

양복 차림으로 평생 단단하게 살아갈 것 같았던 남편

이 '할아버지'라는 말 한마디에 휘청거릴 거라고 한 번도 생각하지 못했다. 어떤 방향에서 말을 건네는 것인지, 숨겨 놓은 마음이 무엇인지 예측하는 일이 조금씩 어려워지고 있다. 침대에 걸쳐진 코트를 바라보던 그녀의 시선이 남편에게서 멈췄다.

'나는 몰라도… 당신은… 당신은 세상 소리에 관심없는 줄 알았어….'

사랑합니다

왜 다들 멀리

과대평가하는 것이 아니라고
했다. 용하다고 소문이 자자하다고 했다. 남편이 출근
하자마자 곧바로 출발했다. 몇 번 다녀온 경험이 있는
미숙은 얼마나 용한 곳인지 설명한다고 정신이 없다.
희영이 시원한 아메리카노 얘기를 꺼내지 않았다면 미
숙은 도착할 때까지 멈추지 않을 기세였다. 미숙이 절
대적으로 신뢰감을 보이는 그곳에 대해 여러 번 들었
다. 어떤 반박 없이 듣기는 했지만, 이렇게 미숙과 희영
을 따라나서기는 처음이다. 둘이 용하다는 곳을 찾아다
니고, 영험한 효력에 대해 얘기를 해도 기분 나쁘지 않
게 밀어내거나 강 건너 불구경하는 모습을 유지해왔다.

미숙은 남편이 사업을 시작하면서 크게는 회사 이전 문제, 작게는 같이 일할 사람을 면접 보는 일까지 참여하게 되었다. 미숙의 남편은 귀가 얇은 사람은 아닌데 미숙이가 좋다고 알아온 부지를 계약하고 얼마 지나지 않아 땅값이 크게 오르면서 그날부터 미숙은 남편에게 선견지명(先見之明)을 가진 능력 있는 사람으로 격상되었다. 물론 미숙은 그 공을 오늘 찾아가는 철학관 할머니께 모두 양보했지만 그건 어디까지나 우리 셋만의 비밀이다. 남편에게는 끝까지 얘기하지 않았다고 한다. 소중한 정보를 얻기 위해 밤낮으로 뛰어다니며 공부하는 외조의 여왕으로 남고 싶다는 이유로.

웬만해서는 잘 넘어가지 않는 희영. 그런 희영조차 철학관 할머니에 대해서만큼은 관대하다. 재수하던 둘째가 시험을 망친 후 달랑 편지 한 장 놔두고 집을 나갔다. 며칠 동안 잠도 제대로 못 자고, 먹지도 못하고 있었다. 희영의 불안이 절정에 다다랐을 때 미숙은 자신의 영업 비밀을 공개했다. 철학관 할머니를 추천했던 것이다. 때가 되어서인지, 아니면 예언이 적중한 것인지 거짓말처럼 그날 저녁 둘째가 집에 돌아왔다. 단순

사랑합니다

한 우연인지, 영험한 효력이 기운을 발휘한 것인지 알수 없지만 하여간 둘째가 돌아온 그날부터 희영도 철학관 할머니의 팬이 되었다.

결혼 문제만 아니었다면 따라나서지 않았을 것이다. 단순히 좋고 나쁨의 선택이 아니었다. 유대감이 느껴지면서 절망감을 경험하지 않을 선택이 필요했다. 주위 사람들 소개로 제법 괜찮은 사람을 여럿 소개해 주었다. 이름만 대면 알아주는 회사의 대리, 7급 공무원, 엔지니어 기술자, 마지막에는 제법 유명한 영어학원 원장까지. 하나같이 모두 잘 생기고 키도 커서 만약 내가 젊었을 때 소개받았다면 '아이고, 이렇게 감사한 일이…'라고 했을 만한 인물들이었다. 하지만 어찌 된 영문인지 도무지 감흥이 없었다. 그렇게 요지부동이던 딸이 석 달 전 결혼하고 싶은 사람이 있다면서 남편과 나를 시내 커피숍으로 불렀다. 갑작스러운 얘기에 놀란 것도 사실이었지만 내심 기대가 많았음을 부정하지는 못하겠다. 수많은 후보를 물리친 사람이 누구인지, 어떤 일을 하고, 어떤 배경을 품고 있기에 결혼까지 생각하게 만들었는지 궁금함을 감출 수 없었다.

첫인상은 나쁘지 않았다.

조금 긴 머리, 번쩍거리는 장식에 조금 부담스러운 가죽 재킷을 제외한다면.

부모님 모두 사고로 일찍 돌아가셨고, 위에 누나가 셋이 있다고 했다. 그러면서 올해 졸업반이라고 했다. 올해 졸업? 어딘가 이상했다. 조심스럽게 물었다.

"그러면 올해 나이가?"

"네. 올해 스물아홉입니다."

"스물아홉이요?"

"엄마! 요새 연하 커플이 유행인 거 알지? 우리도 그래."

"어? 어… 그래."

가만히 듣고만 있던 남편이 물었다.

"올해 졸업반이라고 했는데 무슨 과에 다니고 있는지?"

"네. 미대 졸업반입니다."

"미대라면 그림? 미술?"

"네."

정체를 알 수 없는 불길한 기운이 바닥에서부터 올라

사랑합니다

오고 있었다.

"졸업반이면… 취업은?"

"네. 지금 디자인 학원에 다니고 있습니다. 설치 미술 분야 쪽으로 일을 해보고 싶어 공부 중입니다."

"그러면 아직 취업은…."

"네. 설치 분야 쪽으로 일을 할 수 있도록 디자인 공부를 마치면 천천히 취업을 준비해볼 생각입니다."

"생활은… 어떻게?"

"네. 지금은 누나들의 도움을 받고 있습니다. 학자금 대출도 이용하고 있습니다."

솔직하다고 해야 하나, 정직하다고 해야 하나, 묻는 질문마다 '네'라는 말로 시원시원하게 시작하는데, 차라리 아무 말도 하지 않았으면 싶었다. 대답을 이어나갈수록 가슴을 옥죄어오는 느낌, 뭔가 출구가 보이지 않는 터널 속으로 빨려 들어가는 기분이었다. 이런 심정을 아는지 모르는지, 두 사람은 서로 마주 보며 해맑게 웃고 있다. 태어나서 처음으로, 그러니까 딸을 키우면서 처음으로, 내가 딸을 잘못 키운 게 아닐까라는 생각이 들었다. 학교 다니는 동안 말썽 한 번 부린 적 없었고, 성적도 언제나 상위권을 유지해 주었다. 대학도 자신의 힘으로 알아보고, 당당하게 합격 통지서를 내밀 었던 딸. 중견기업에 입사해 얼마 전 대리로 승진한 딸. 어디에 내놓아도, 어떤 자리에서도 남편과 나의 자랑이 었던 딸이었다. 적어도 지금까지는 그랬다.

하지만 오늘은 아니었다. 내가 배 아파 낳은 아이가 맞나 싶었다. 생각이 깊은, 중견기업에서 근무하는 세상 물정 잘 아는 야무진 대리가 아니었다. 세상에 다시 없는 바보처럼 보였다. 사랑이 밥 먹여 주는 것도 아닌데, 미대 졸업반, 3살 연하, 부모님 모두 돌아가시고 위로 누나 셋. 디자인 공부 중. 마음에 드는 구석이 하나도 없었다. 남편도 심기가 불편한지 커피잔만 올렸다가 내려놓기를 반복하고 있었다. 어쩐지 긴 머리가 처음부터 마음에 걸리더라, 번쩍거리는 장식이 불편했던 것은 조명 탓이 아니었구나, 여자의 직감은 무시할 수 없다는 말이 진짜구나, 여러 복잡한 생각이 머릿속에서 뒤엉켰다. 더 이상 이야기를 나누는 것은 어려울 것 같아 남편과 나는 친구 모임이 있다면서 서둘러 자리에서 일어섰다.

사랑합니다

"엄마, 집에서 봐요."

"아버지, 좋은 시간 보내세요."

미대 졸업반 남자아이의 손을 잡고 웃으면서 남편과 나를 배웅하는 아이. 암만 봐도 내 딸이 아니었다.

벌써 석 달이 흘렀다. 그동안 아이는 그 집 누나들을 모두 만났다고 한다. 그러면서 누나들이 부모님을 만나고 싶어 한다고 전했다. 처음에는 '이건 아니다.' 싶은 생각에 아이를 불러 얘기했다. 사랑이 밥 먹여주지 않는다는 둥, 취업도 못했으니 나중에 취업하고 그때 생각해 보라는 둥, 부모 없이 누나 셋만 있는 집에는 시집 보내고 싶지 않다는 둥, 이런저런 얘기를 건넸지만 생각을 바꿀 기미가 전혀 보이지 않았다. 머리에 붕대를 감고 며칠 자리에 누워 아픈 시늉도 해보았다. 하지만 부질없는 일이었다. "엄마, 미안해."라고 말하면서 "나는 이 사람 아니면 안 되겠어."라는 소리에 그날 저녁 머리에 감고 있던 붕대도 던져버렸다. 몇 날 며칠 속앓이를 하고 있던 차에 미숙과 희영에게서 얼굴 보기 힘들다며 연락이 온 것이다. 답답한 마음에 하소연이라도 해야겠다는 생각으로 얘기를 꺼냈는데, 그때 미숙이 철학관 할머니를 소개해 준 것이다.

"우리 고모도 조카 사귀는 사람 때문에 찾아갔는데 그 할머니가 그랬다는 거야. 몇 달 안 가고 헤어질 테니 걱정하지 말라고. 진짜 신기한 게 정말 몇 달 안 가서 헤어졌다는 거야. 혹시 모르잖아? 너도 가면 몇 달만 기다리면 된다고 할지?"

"그게 아니라… 절대 안 헤어진다고 하면? 저희들끼리 결혼한다고 하면?…."

"자꾸… 최악의 상황만 상상하지 말고…."

"그래, 미숙이 얘기처럼 속앓이 그만하고 얘기라도 한번 들어봐. 나는 이런저런 얘기 듣고 나니까 답답한 게 조금은 풀리는 느낌이었어."

"… 그럴까?"

좀처럼 움직이지 않았을 텐데, 이번에는 사정이 달랐다. 아이 문제였고, 아이의 인생이 걸린 문제였다. 아니, 가족의 운명이 걸린 문제였다.

오래된 철문을 조심스럽게 밀면서 들어갔다.

"할머니, 저희 왔어요."

"오랜만이네. 사업은 괜찮고?"

"경기가 어렵다고 하긴 하는데… 그럭저럭 밥 먹고살아요."

"요즘 같은 시절에 그 정도면 잘하는 거야."

"재수하던 아들은 잘 지내고?"

"네. 그때는 정말 신기했어요. 할머니와 헤어지고 집에 갔는데 그날 애가 돌아올 거라고는 상상도 못했거든요."

"때가 된 거였지. 운도 맞았고…."

"처음 보는 사람인데, 친구?"

"할머니. 이 친구 요즘 고민이 많아요. 딸 결혼 문제로 걱정이 많아요."

"음… 어디 보자… 생년월일이?"

"그러니까…."

생년월일을 적고 몇 번 고개를 갸우뚱거리던 할머니가 펜을 내려놓으면서 말했다.

"올해 결혼하겠네."

"네…에?"

이런 소리를 듣게 되는 건 아닐까, 괜히 걱정만 늘어나는 게 아닐까, 차 안에서 계속 머릿속이 복잡했는데 정말 듣게 될 줄은 몰랐다.

'어떻게 하지….'

'차라리 오지 말걸….'

속상한 마음을 누르면서 애써 아무렇지도 않은 척 손
등을 비볐다.

"옆에 사람이 있다고 나오는데?"

"네…에?"

어떤 말도 하지 못하고 있는 나를 대신한 미숙의 감
탄사가 그 자리를 채웠다.

"어떻게 아셨어요?"

"결혼하려는 남자가 딸보다 나이도 어리고, 아직 취
업도 안 했고… 얘가 요즘 진짜 고민이 많거든요…."

"그럴 수 있지. 혹시 남자아이 생년월일 알고 있는
가?"

"네…에."

혹시 몰라 슬쩍 아이에게 물어두었던 생년월일을 얘
기했다. 딸과 태어난 시간이 똑같아 외우기 쉬웠다.

"둘이 잘 맞네. 곧 결혼하겠어."

"네…에?"

"나이도 어리고, 아직 공부하고 있다고 하고… 부모님은 모두 돌아가시고, 그런데다가 누나만 셋이라고…."

나도 모르게 마음속에 숨겨두었던 걱정이 입 밖으로 줄줄줄 새어 나왔다.

그런 마음을 아는지 모르는지 할머니는 상관없다는 사람처럼 얘기를 이어나갔다.

"부모 덕은 없는데 부모 챙길 줄 아는 사람이네. 처가에 잘하겠어. 사람은 운이 있어야 하는데, 이 총각 운이 좋아… 주위에서 도와주는 사람도 많고. 누나들이 도와주고 있다고? 누나들하고 떨어져서 지내 신경 쓸 일 없을 텐데. 당장은 가진 게 없어도 이 총각, 사람 됨됨이가 되었어. 딸이 사람을 잘 보네"

"네…."

TV 드라마에서나 들을법한 이야기에 고개를 흔들면서 철학관을 빠져나왔다.

'이럴 줄 알았어. 괜히 걱정만 더 늘었어….'

'됨됨이가 좋다고 하니… 그래도….'

'사람 좋은 게 밥이 나와? 쌀이 나와? 그 좋은 대학 나와서, 저 좋다는 사람 다 팽개치고, 하필이면….'

남편에게는 철학관을 다녀왔다는 말조차 꺼내지 못했다. 아니 꺼낼 수가 없었다. 철학관이나 용하다는 곳을 찾아다니는 모습을 두고 정신이 있는 사람인지, 없는 사람인지 모르겠다며 답답해하던 남편에게는 어떤 말도 할 수 없었다. 침대에 누워 계속 몸을 뒤척거렸다. 잠을 잘 생각은 아니었지만 머리가 아프다는 핑계로 좀 자고 일어나면 괜찮지 않을까 싶었다. 하지만 보기 좋게 실패했다.

할머니가 주례를 서고 있고, 저 멀리 두 아이가 함께 입장하는 모습, 안절부절한 자세로 앉아있는 남편, 어떤 곳으로 시선을 둘지 몰라 여기저기 시선을 돌리는 나, 마음에 드는 구석이 없는 장면이 상상력에 힘입어 연속 방영되고 있었다. 총각 됨됨이는 정말 좋을까? 주위에서 돕는 사람이 많다는데 아무리 살펴봐도 그럴 가능성은 없어 보이는데? 일자리는 구할 수 있을까? 취업은 못하고 계속 공부만 한다고 해서 애 고생시키는 건 아닐까? 상상력은 만리장성을 쌓아올리는데 많은 시간을 필요로 하지 않았다.

사랑합니다

딸칵. 현관문이 열리면서 딸이 들어왔다.

12시를 훌쩍 넘긴 시각, 방금 집 앞에서 헤어졌다는 말과 함께 여느 때처럼 해맑게 웃으면서 복사꽃처럼 환한 얼굴로 인사를 건넸다.

"아직 안 자고 있었네? 헤헤."

"네가 안 왔는데, 잠이 올 리가 없잖니?"

"얼른 주무세요. 나도 얼른 씻고 자러 갈게요."

"그래…."

"그리고… 진희야!"

"응?"

"어… 아니야."

"주무세요."

"그러니까… 누나들은 모두 결혼했다고 그랬지?"

"응. 모두 일찍 결혼을 한 것 같았어. 큰 누나는 제주, 둘째 누나는 서울, 참 그리고 막내 누나는 이번에 필리핀 나간다고 하신 것 같은데…."

"뭐어…? 필리핀?"

"응… 필리핀에서 친구랑 같이 사업을 시작하게 되었다고 하시던데…."

"제주? 서울? 필리… 핀?"

갑자기 머릿속에서 모든 것이 하얗게 지워지는 느낌이었다. 대한민국 지도가 보이더니 제주, 서울에 이어 갑자기 세계지도로 바뀌었다. 그러니까 필리핀이 저기쯤이었지. 어, 이분은 어디서 봤었는데… 철학관 할머니였다.

'나더러 뭘 어떻게 하라고? 아니… 왜 다들 멀리 살고 있는 거냐고….'

Let it go

"엄마… 나… 샛별유치원 다시 가면 안 돼?"

"안… 돼! 여기가 더 좋은 곳이야. 네가 좋아하는 영어 노래도 배우고."

"엄마. 난 Let it go만 좋아."

차를 몰아 집으로 돌아오는데, 몇 마디 나누다가 대화가 끊겼다. 가방을 만지작거리는 석준. 운전석에 손을 올리고 앞을 응시하고 있는 희연. 집으로 향하는 모자(母子)는 오늘도 흐림이다. 벌써 한 달이 되어 가는데, 첫날을 제외하고는 계속 흐림이다. 도대체 언제쯤 맑음이 될까, 답답한 마음에 희연이 창문을 내렸다.

올해 여섯 살, 나이에 맞지 않게 영어 노래만 나오면 몸을 흔들었다. 아는 부분이 있으면 곧잘 따라 불렀다. 리듬에 맞춰 몸을 이리저리 흔들고 영어 가사를 흥얼거리는 모습이 기특했다. 수시로 겨울 왕국 OST 〈Let it go〉를 부르는데, 세상의 많은 엄마처럼 희연도 착각에 빠지곤 했다.

'혹시 석준이가 영어 천재 아닐까?'

혼자 고민에 빠져 생각만 하고 있던 희연은 가깝게 지내는 사람들에게 속마음을 털어놓았다. 그러자 하나같이 똑같은 얘기를 되돌려 주었다.

"요즘은 부모가 똑똑해야 해. 아이 재능 발견하고 똑똑하게 키우려면!"

"부모의 능력이 곧 아이 능력이야. 재능을 살릴 수 있도록 도와줘야 한다니까!"

여기저기 알아보고 준비하던 희연은 퇴근하는 남편에게 자신의 계획을 전하기로 결정했다.

"자기야, 석준이 영어 유치원 보내자. 석준이. Let it go 부르는 거 봤지?"

"갑자기 영어유치원?"

사랑합니다

"우리 석준이 영어 천재일지도 몰라. 그런 애들 있잖아. 언어에 뛰어난 애들…."

"천재?… 천재는 무슨?"

"아니야. 석준이 Let it go 부르는 거 봤지? 진수 엄마가 그러는데 석준이처럼 Let it go 부르는 애들이 없다고 했어."

"좋아하면 모두 비슷할걸. 진수 엄마도 그냥 해 본 얘기일 거야…."

"가사도 안 보고 그 긴 노래를 부르잖아."

"너무 많이 봐서 그렇겠지."

퇴근하고 집에 오면 석준이는 겨울 왕국과 한 몸이 되어 있었다. 석준이에게 Let it go는 뽀로로와 동급이었다. 희연은 쉽게 물러날 생각이 없어 보였다.

"석준이가 go away 하는 것 들었지?"

"자기 방에 들어오지 말라고 할 때?"

"그래, 그것만 봐도 그렇고… 하여간 그뿐이 아니야… 일요일 아침에 우리 깨울 때 wake up, wake up 하잖아…."

"그건… 다른 애들도 그렇게 할걸. 겨울 왕국을 많이

봐서….”

"이건 재능이야. 재능! 부모가 똑똑해야 된다고 하잖아. 아이의 재능을 몰라보는 부모가 문제라고 했어. 그래서 얘긴데, 영어유치원으로 옮기기로 결정했어.”

"영어? 유치원.”

단호한 희연의 말투에 조금씩 긴장되기 시작했다. 희연이가 이렇게 단호하게 얘기할 때는 정신을 바짝 차려야 한다. 이미 뭔가를 결정했다는 의미이고, 집안에 특별한 변화가 생길 수 있다는 신호였다. 아니나 다를까, 희연은 석준이를 보낼 영어유치원도 이미 알아놓은 상태였고, 지금 살고 있는 집과 거리가 멀어 이사를 가기 위해 부동산에 집을 내놓았다고 했다.

'역시, 이럴 줄 알았다니까….'

그렇지만 이번에는 아무리 생각해도 아니다 싶었다.

"영어유치원? 이사까지 가야 해?”

"제대로 하려면 이렇게 해야 해. 석준이 Let it go 부르는 거 보고도 모르겠어?”

"노래 하나 가지고….”

"하나를 보면 열을 알 수 있다고 하잖아… 이건 재능

사랑합니다

이야. 재능!!"

"재능?"

"재능을 꽃피울 수 있도록 도와주는 게 부모잖아? 내가 여기저기 많이 알아봤어. 자기는 열심히 일만 해."

"그런 말 안 해도 일은 열심히 하고 있지만….."

"생각해 봐, 영어유치원은 지금 다니는 유치원이랑 교육비부터 달라. 거기에 특별활동까지 생각하면….."

"진짜 영어유치원 보낼 거야?"

"이미 알아봤어. 자리가 없어서 아는 사람 부탁해서 억지로 들어가는 거야. 거기 가려고 내가 얼마나 노력했는지 자기는 모를 거야."

"굳이 이렇게까지 할 필요가 있을까?"

"요즘 애들 자기가 좋아하고, 잘하는 게 뭔지 몰라 걱정이라잖아. 다행스럽게도 석준이는 잘하는 것을 보여주고 있잖아. 그걸 알아차리는 게 부모의 능력이라고 했어. 또 그것을 도와주는 게 부모의 역할이라고 했고….."

영어유치원이 어떤 곳인지, 아내가 말하는 재능이 무엇인지 아는 게 별로 없다. 부모 교육을 다녀본 적도 없고, 재능에 대해 궁금해하지도 않았다. 그저 평일에 열심히 일하고, 주말에 석준이와 자전거를 타면서 시간을 같이 보내는 것이 좋을 뿐이다. 그에 비해 희연은 달랐다. 부모 교육을 듣기 위해 여기저기 강연을 다녔고 정기적으로 만나는 모임도 많아졌다. 배우는 것을 떠나 실행력이 강한 희연. 무엇인가를 해야겠다고 마음먹으면 주저하는 일이 없다. 그런 까닭에 되도록 지금까지 웬만하면 희연이가 하는 일에 토를 달지 않았다. 하지만 이번만큼은 조금 달랐다. 이건 아니다 싶었다. 영어노래 나오면 몸을 흔들고, Let it go를 잘 따라 부른다고 영어유치원이라니.

"석준이, 석준이한테는 물어봤어? 영어유치원으로 옮기는 것에 대해…."

"애한테 물어보긴 뭘 물어봐? 석준이 아직 어려. 이게 좋은 것이다, 가르쳐 주면서 방향을 잡아주는 거지."

"그래도… 친구도 바뀌고… 외국인과 생활하면 힘들 수도 있고…."

"적응해야지. 적자생존. 이제 석준이도 적응해야 돼. 모르긴 몰라도 나중에 크면 고마워할걸. 영어유치원 보

사랑합니다

내줘서….”

자꾸 희연이의 논리에 휘말리는 느낌이 들었다. 어떤 얘기에도 끄덕하지 않을 분위기였다. 이쯤에서 그만두고 조금 더 지켜보고 다시 얘기를 꺼내보는 게 나을 것 같았다.

“알겠어. 일단 알겠어… 그래도 석준이한테 충분히 설명해 줘. 그래야 석준이가 조금이라도 덜 힘들지….”

“그 정도는 나도 알아. 잘 얘기할 테니까 너무 걱정 마!”

“엄마… 나… 샛별유치원 다시 가면 안 돼?”

뒷좌석에 앉아있던 석준이의 목소리에 정신이 번쩍 들었다. 똑같은 얘기를 한 달째 듣고 있다. 금방 적응할 줄 알았는데, 생각보다 시간이 더 필요해 보인다.

“석준아. 몇 번을 얘기해? 안돼. 여기가 더 좋은 곳이야. 네가 좋아하는 영어 노래도 배우고….”

“엄마… 나는 Let it go만 좋아… Let it go만 좋다고….”

부동산에서 집을 보러 온다고 말한 시간에 맞추려면 서둘러야 하는데, 도무지 페달을 밟고 있는 다리에 힘이 들어가지 않았다.

"석준아. 엄마 말 들어. 여기가 좋은 곳이야. 영어 노래 매일 듣고, 외국인 매일 만나고…."

"엄마… 나.. 샛별유치원 다시 가면 안 돼?"

"석준아. 조금만 있으면 친구도 생기고, 재미있어질 거야."

"샛별유치원에서 Let it go 많이 부르면 안 돼?"

"그거 하고는 달라. 일단 석준아 우리 한 달만, 한 달만 더 다녀보자. 응?"

"엄마… 나 진수하고 희준이하고 놀고 싶어…."

아무 말도 하지 말았어야 했다. 괜히 기분을 풀어주려고 얘기를 이어나갔던 것이 실수였다. 말없이 조용히 운전만 했으면 괜찮았을 텐데. 석준이와 얘기를 나눌 때마다 희연의 몸은 바람 빠진 풍선처럼 이리저리 자꾸 휘청거린다.

"알겠어. 토요일에 진수랑 희준이한테 놀 수 있는지 물어볼게. 키즈카페 갈까? 그럼 이제 그만하는 거다. 응?"

엄마? 엄마!

'이번엔 꼭 얘기해야지. 진짜!'

친정집 비밀번호를 누르면서도 쉽게 마음이 진정되지 않고 있다. 마땅한 얘기를 한다는 생각에 두려움은 없었지만 주머니에 넣은 손에서는 계속 땀이 나고 있다.

퇴근을 준비하면서 마음속으로 계속 되뇌었던 것을 천천히 복기해본다.

'엄마는 성진이한테는 그렇지 않으면서 나한테는 왜 그렇게 바라는 게 많아?'

'성진이한테는 이것저것 챙겨주면서 내 건 없어?'

'성진이한테는 아무것도 필요 없다고 얘기하면서 나

한테 얘기할 때는 왜 그렇게 필요한 게 많아?'

'엄마, 성진이한테 그냥 같이 가고 싶다고. 나도 같이 가고 싶다고 얘기해.'

'성진이한테 어려워서 얘기도 못하면서 나한테만 얘기하면 무슨 소용인데?'

배운 사람답게 합리적으로 설득력 있게 얘기해야지 굳은 다짐을 하며 현관문을 열었다.

'엄마는 성진이한테는 그렇지 않으면서 나한테는 왜 그렇게 바라는 게 많아?'

어릴 때부터, 그러니까 자의식이라는 것이 형성된 순간부터 마음속으로 계속 반복했던 말이다. 이리저리 방황하는 성진이보다 아르바이트한다고 정신없는 나에게 엄마는 항상 '조금만 더, 조금만 더'를 요구했다. 집을 좀 치우고 다녀라, 놓치고 온 서류 챙겨서 갖다 달라, 그것뿐만이 아니었다. 대학 졸업 후부터 휴가다운 휴가를 가져본 적이 없는 나와 달리 취업 준비생으로 몇 년을 눌러앉아있는 성진이에게 엄마는 특별한 요구 사항이 없었다. 매번 그런 식이었다. "왜?"라고 물어보고 싶었지만 지금껏 단 한 번도 "왜?"라고 물어보지 못했다.

'성진이한테는 이것저것 챙겨주면서 내 건 없어?'

동생보다 나에게 빵이나 과자가 뒤에 배급된다는 것을 알고 난 후부터, 밥상에서 성진이 밥그릇에 옮겨지는 고기가 더 많다는 것을 인식한 후부터, 입 안에서 계속 맴돌았던 말이다. 대학 등록금만 넣어주면 그다음부터는 알아서 하겠다고 간청했었다. 등록금만 도움받겠다는 말에 그럴 돈이 어디 있느냐며 얼른 취직해 돈을 버는 게 훨씬 나은 거라며 나를 설득한 사람이 엄마였다. 유명한 대학 나와도 취업하기 어려운 시절에 괜히 헛돈 쓰지 말고 빨리 일을 시작하는 게 좋다는 말에 나는 결국 폭발했고, 며칠 동안 친구 자취방에 숨어 지내면서 집에 들어가지 않았다. 마침내 엄마는 항복 깃발을 들었고, 나는 의기양양하게 아니 치열한 전투 끝에 등록금을 지원받았다. 하지만 엄마는 그런 나와의 전투를 완벽하게 잊은 것 같았다. 등록금을 마련해두었다는 것과 함께 서울이든 어디든 원하는 곳에 보내주겠다는 말을 내가 있는 자리에서 아무렇지도 않게 얘기하는데 몸속에서 피가 거꾸로 솟는 느낌이었다. 치열한 전투가 있었던 그날이 떠올랐고, 부글부글 끓어오르는 생각을 누르는 것이 쉽지 않았다. 하지만 6살이나 차이가 난다는 것을 증명해야 했다. 이해심 많은 사람 그러니까 교양을 갖춘 사람처럼 속상함을 드러내지 않아야 했다. 적어도 누나는 그래야 한다고 했다. 언제부터였는지는 모르겠지만, 언제나 그랬다.

'성진이한테는 아무것도 필요 없다고 얘기하면서 나한테 얘기할 때는 왜 그렇게 필요한 게 많아?'

친구가 며느리에게 명품 가방을 선물 받았다고 자랑하는데 얼마나 부러웠는지 모르겠다며 내게 하소연하는 엄마. 어떤 친구는 딸이 해외여행을 보내줬고, 또 다른 친구는 사위한테 백화점 상품권을 받았다며 아주 자잘한 것까지 이런저런 보고를 하는 엄마. 가끔 헷갈린다. 내가 엄마인지, 딸인지. 하지만 그리 도덕적인 사람은 아니라고 해도 반항하는 능력까지는 타고나지 못해 가만히 듣고 있게 된다. 공감해주는 대상을 찾았다는 안도감에서인지 한참 동안 얘기한 후 마음이 편안해진 엄마는 그제서야 안부를 묻는다.

"너는 잘 지내지?"

그래서일까. 언제부터인가 엄마에게 먼저 전화를 걸

지 않게 되었다. 나를 위한 작은 행복, 그러니까 내 안에 곱게 잠들어있는 질투, 서운함, 속상함과 같은 감정을 애써 끄집어낼 상황을 만들고 싶지 않았다. 잔잔한 일상을 개별적인 사건으로 망치고 싶지 않았다. 그런데 오늘 아침 엄마에게서 전화가 걸려온 것이다. 처음에는 샤워 중이라 전화를 받지 못했다. 씻고 나와 전화기에 찍힌 엄마의 번호를 확인하는데 순간적으로 마음이 주춤했다. 반갑지 않은 내 마음을 확인하는 것부터 속상했다. 다시 전화를 걸어야 하나, 고민하고 있는데 전화기가 울렸다. 나도 모르게 멈칫했던 것은 생존본능이었을 것이다. 하지만 피는 물보다 진하다고 했던가, 뇌가 이성적인 판단을 내리기도 전에 검지는 화면을 왼쪽에서 오른쪽으로 이동시키고 있었다.

"여보세요? 엄마?"
"왜 그렇게 전화를 안 받니?"
"씻는다고 못 받았어. 무슨 일 있어?"
"꼭 무슨 일이 있어야 전화할 수 있는 건 아니잖니?"
"그건 그렇지….".
"크면 자식 필요 없다고 하더니 옛말이 딱 맞아."

"갑자기 무슨 소리를 그렇게 해?"

엄마의 말은 정신을 차려 듣지 않으면 외계어라는 생각이 든다. 맥락이라는 것은 온데간데없이 사라지고 감정만 두서없이 나열되는데, 이럴 때는 정신을 잘 차려야 한다. 감정의 소용돌이 속에서 함께 허우적거리지 않으려면 말이다.

"무슨 일 있어?"

"아니, 글쎄 성진이네 여행을 간다는 거야. 유럽으로."

"그래?"

"그래서?"

"그래서는 무슨 그래서… 내 친구들 모두 유럽 다녀왔잖아. 나만 빼고…."

"어…."

"근데 이번에 성진이네 유럽 간다는 거야."

"그래서…."

"아니, 내 친구들 모두 유럽 갔다 왔는데, 나만 못 갔다 왔잖아. 그런데 나한테는 가자는 말도 안 하고…."

　　　사랑합니다

"엄마, 엄마 설마… 지금 성진이가 엄마 안 데리고 간다고 서운한 거야?"

그제야 한풀 꺾인 목소리가 전화기 너머에서 조심스럽게 들려왔다.

"아니… 유럽 간다고 하는데… 나한테는 같이 가자고 말도 한번 안 하고… 내가 무조건 따라가겠다는 게 아니라… 물어보지도 않잖아… 내가 지를 어떻게 키웠는데… 내가 어떻게 지를 키웠는데…."

조금 냉정하게 표현하면, '잘 됐다, 나도 가고 싶었는데, 이참에 나도 같이 가'라고 말할 사람이 엄마라는 것을 나는 알고 있다. 어쩌면 성진이도 그래서 엄마에게 묻지 않았을 수 있다. 무엇보다 엄마에게 전화하지 못하고 유럽 여행을 준비한 성진이 마음도 이해가 되었다. 특별한 이유는 없다고 하는데 올케가 벌써 두 번이나 유산을 했다. 성진이를 통해 간간이 소식을 전해 듣고 있는데 마음이 안타깝다. 올케가 회사를 그만두고 잠시 여행이라도 다녀왔으면 좋겠다는 말을 한다고, 몇 번 그 이야기를 들은 기억이 난다. 아마 이번 여행은 그동안의 마음을 행동으로 옮긴 거라는 생각이 들었다.

하지만 그런 속사정을 모르는 엄마는 아들에게서 뒷전으로 밀려났다는 패배감이 마냥 서운한 모양이었다. 정작 성진이에게 아무 말도 못 하면서 말이다.

"엄마가 이해해 줘. 요즘 성진이네 힘들잖아."

"힘들긴 뭐가 힘들어? 내가 성진이를 어떻게 키웠는데. 그 좋은 곳에 가면서 나한테 같이 가자고 얘기도 않고… 내가 지를 어떻게 키웠는데…."

"엄마, 둘이 여행 가고 싶을 수도 있잖아. 요즘은 그렇게도 많이 다녀…."

"그래도 그렇지…."

"그럼 그냥 엄마가 나도 가보고 싶다고 얘기하지 그랬어?"

"그걸 꼭 말을 해야 하니? 사람 마음이 다 그런 거지…."

"차라리 그냥 같이 가고 싶다고, 나도 가보고 싶다고 얘기를 해… 성진이한테 입도 뻥긋 못하고 나한테만 자꾸 얘기하면 나더러 어떻게 하라고…."

순간적으로 말을 내뱉고 나서 아차, 싶었다. 하지만 이미 늦었다.

사랑합니다

엄마의 즉각적인 반응 그러니까, '나한테만 자꾸 얘기하면 어떻게 하라는 건데?'라는 말에 뒤이어 나올 대답을 순간적으로 깜빡한 것이다.

"아니, 내가 너한테 얘기하지. 누구한테 얘기하니? 딸이 둘도 아니고 달랑 하나뿐인데, 내가 너한테 얘기를 하지 누군한테 얘기해? 이래서 무자식 상팔자라고 한 거야. 크면 자식 필요 없다더니… 옛말이 딱 맞아…."

역시, 엄마의 대답은 예상을 빗나가지 않았다. 토씨 하나 틀리지 않고 똑같았다.

나는 이미 정해진 대답, 그러니까 무자식이 상팔자라는 엄마를 위로할, 이 상황을 종료할 멘트를 영혼 없이 내뱉었다.

"엄마. 그런 얘기가 아니잖아. 엄마, 미안해. 내가 잘못했어."

여전히 이해되지 않는다. 사랑을 많이 받지 않았다는 것을 증명할 수 없으니, 이만큼 먹고 살 수 있도록 도와준 은혜를 잊지 않아야 한다는 교육은 받았기에, 입 밖으로 새어 나오려는 말을 간신히 밀어 넣으면서 통화를 끝냈다. 이렇게 하지 않으면 엄마의 하소연을 더 많이, 더 오래 들어야 하고, 그렇잖아도 10분이나 늦어버린 나의 출근길이 지옥으로 가는 길이 될 것임이 분명하니까.

"엄마, 엄마 고생한 거 내가 다 알지. 나한테라도 전화해야지, 누구한테 전화하겠어? 그런데 엄마 나 지금 출근해야 되거든. 저녁에 잠깐 들릴게. 그때 얘기해."

그제야 긴 한숨과 함께 짧은 대답이 들려왔다.

"들리든가, 말든가."

다른 대답을 할 수 없는, 일방적으로 전화를 끊게 만드는 느낌이 들지만 서둘러 전화를 끊었다.

'정말이지 이건 아니다. 이번에는, 이번에는 꼭 얘기해야지.'

'이번엔 꼭 얘기해야지, 진짜!'

"엄마? 엄마! 나 왔어."

사랑합니다

대학은 가야지

조금 전까지 부엌에 있었는데 어느 순간, 남편이 보이지 않아 당황했다. 잠시 바람 쐬러 나갔다 보다 생각했다. 빨래, 설거지를 끝내놓고 기다린 지 30분이 흘러도 남편은 돌아오지 않았고, 한번 찾아봐야겠다는 생각에 신발을 신고 현관문으로 나설 때였다. 그때 가지런히 놓여 있는 남편의 신발이 눈에 들어왔다.

'또 어머님 방에 들어갔구나….'

여섯 살 많은 남편은 나에게 아버지 같은 존재이다. 남편은 내가 함부로 대할 수 없는 어떤 분위기가 몸 전체에서 흐르는 사람이다. 버스 노선을 모르는 나에게 그림을 그려가면서 하나씩 설명해 주고, 조리원에서 만난 사람들과 모임이 있다고 얘기하면 자신에게 아이를 맡겨놓고 마음 편하게 다녀오라고 말해주는 사람이다. 술을 좋아하지만 소주 한 병을 넘기지 않았고, 맥주 한 잔만 마셔도 대리운전을 부르는 사람이다. 그런 반듯함에 대해 누군가는 신사라고 말했고, 다른 누군가는 융통성이 없는 사람이라고 표현했다. '살다 보니 이건 아닌데' 라는 말이 나올 법도 한데 남편은 지금껏 내게 단 한 번도 그런 모습을 보여주지 않았다. 결혼하고 얼마 되지 않았을 때였다. 밤공기가 따뜻해 저녁을 먹은 후 아파트 주변을 산책하고 돌아오는 길이었다.

"당신은 정말 효자였을 것 같아. 진짜. 진짜로."

내 이야기에 남편은 피식 웃으면서 대답했다.

"아니. 그 반대야. 불효자였어. 그것도 많이…."

"에이, 설마 당신이??"

남편이 열일곱 되던 해에 아버지가 돌아가셨다고 했다. 아버지가 돌아가신 후 어머니는 두 아들을 데리고 상경하셨고, 그때부터 손에 붙잡히는 일은 무엇이든 악착같이 덤벼들었다고 하신다. 노점상은 물론 김밥 장

사랑합니다

사, 떡집, 중국집 나중에는 남는 시간에 우유배달까지. 하지만 그때의 남편은 그런 일을 하는, 정확하게 '먹고 살기 위한' 일을 하는 어머니가 부끄러웠다고 했다. 그래서 어머니가 있는 근처로는 걸음도 하지 않았고, 대학 입학해서 공부하라는 어머니의 말을 귓등으로 넘겼다고 한다. 고등학교를 졸업하자마자 남편은 구미에 있는 전자제품을 조립하는 회사에 취직해 혼자 내려왔다고 한다. 제법 공부를 잘했던 남동생에게 자신의 책임마저 떠맡긴 채. 다행히 남동생은 서울에 있는 대학에 입학했다고 한다.

두 아들이 각자 스스로 먹고 살 궁리를 하고 있었는데도 어머니는 그렇지 않았던 모양이다. 살고 있던 집을 팔아 더 작은 곳으로 이사했다는 사실을 구미로 내려오고 2년이 지난 후 알게 되었다고 한다. 그러니까 남편이 어머니 집을 2년 동안 찾지 않았다는 얘기가 되는 셈이다. 그때는 모든 것이 싫었다고 한다. 어머니의 얼굴을 보는 일도, 하루 종일 일하고 집에 와서 다시 무언가를 붙잡고 깎거나 오리거나 붙이는 모습도 싫었다고 한다. '지긋지긋'이라는 단어가 자신의 입에서 수시로

튀어나왔고, 그 지긋지긋한 삶을 버티기 위해 상상조차
할 수 없는 방식으로 지탱하고 있는 어머니의 손과 발
은 눈에 들어오지 않았다고 한다. 구미에서 부산으로,
다시 대전으로 회사를 여러 곳으로 옮겨 다니는 동안 남
편은 어머니에게 전화로만 살아있음을 전했다고 한다.

"풀 붙이는 거 그만 좀 하세요."

"밤 깎는 일, 아직도 하세요?."

더 솔직하게 얘기하면 대학을 졸업하고 서울에서 직
장 생활을 하고 있는 동생이 있다는 생각에 회피하는
일이 조금은 수월했다고 한다. 누구에게나 들춰내고 싶
지 않은 것이 있는 것처럼, 남편에게는 서울이, 서울에
있는 어머니와 동생이 그랬다고 한다. 그러던 어느 날
동료들과 거나하게 회식하고 자취방으로 향하고 있을
때였다. 열쇠를 찾는다고 잠시 주춤거리고 있을 때 동
생에게 전화가 왔다.

"형, 한번 다녀가야겠어."

"어?"

"어머니… 치매 진단받았어."

이번 일마저 외면할 수 없다는 생각이 들었는지 남편

은 다음날 회사에 병가를 내고 서울로 올라갔다고 한다. 예전의 집에 살고 있지 않았던 터라 동생과 몇 번의 통화 끝에 간신히 찾았다고 한다.

'끼익' 대문 여는 소리와 함께 방 안으로 들어섰을 때 어머니와 동생이 소리가 난 쪽으로 고개를 돌렸다. 낯익은 목소리가 들려왔다.

"준범아. 이제 오는 거니?"

"네? 네."

"요즘 공부한다고 힘들지?"

"네?"

"이제 얼마 안 남았어. 그래도 대학은 가야지."

"네? 어머니?"

"조금만 기다려. 준희도 앉아 있고, 엄마가 얼른 저녁 챙겨올게."

두 아들을 향해 해맑게 웃으면서 일어서는 어머니를 말릴 틈이 없었다.

어머니가 자리를 뜨자 그제야 동생이 조심스럽게 입을 열었다.

"어머니가 계속 이상한 말씀을 하시잖아. 회사 마치

고 집에 오면 자꾸 나더러 형 이름을 부르시잖아. 준희라고 몇 번을 말씀드려도⋯ 형은 요즘 공부 때문에 바쁜지 통 얼굴을 못 보는 것 같다고. 언제 한번 다녀가나⋯ 그러시잖아."

"어? 어⋯."

"병원을 모시고 갔는데 치매가 많이 진행되었다고 하셔. 얼마 전부터 약물치료 시작했는데, 아무래도 형한테 알려야 할 것 같아서⋯."

"더 빨리 연락하지. 그러면 형이⋯. 형이⋯."

뭔가를 할 수 있는 입장이기를 거부했으면서, 가까운 곳에 서 있는 것을 외면했으면서, 이제 와 이런 말을 한다는 것이 소용없다고 느껴졌는지, 남편은 입 밖으로 나오려는 말을 돌돌 말아 목구멍 속으로 쑤셔넣었다.

'그래도 빨리 얘기하지. 형이 조금이라도. 아니, 형이랑 같이⋯.'

밥상 앞에서 어머니는 두 아들의 입안으로 밥이 들어가는 모습이 마냥 좋은지 아이처럼 이야기를 이어나갔다.

"힘들지? 그래도 조금만 고생해."

"네…에."

"준범이 너도 알잖아. 네 아버지, 너 대학 보내는 게 꿈이셨잖아."

"네…에."

"준희야. 너도 형처럼 공부 열심히 해서 대학 가야 지?"

"네…에."

"너희 대학 졸업식에 가는 게 네 아버지 꿈이었는데."

"네…에."

"이번 물김치가 달달해. 얼른 먹어. 한 숟가락 푹 떠 서."

"네…에."

늦은 나이, 그러니까 스물일곱 살의 남편이 대학 정 문을 들어선 것이 그해 겨울이었다. 그 이후는 이미 내 가 알고 있는 것과 크게 다르지 않다. 강의실 문밖에서 서성이는 남편에게 말을 먼저 건넨 사람이 나였고, MT 에 같이 가자고 얘기한 사람도 나였다. 두 달째 똑같은 점퍼를 입고 다니는 털털함이 좋았다. 선하게 웃는 모 습을 바라보고만 있어도 가슴 안에서 좋은 기운이 솟아

나는 느낌이었다. 마음이 끌리는 것은 자연스러운 일이었고, 자연스러움은 졸업을 하자마자 주위 반대에도 불구하고 혼인 신고서를 작성하는 것으로 일단락되었다.

어머니는 남편과 내가 대학을 졸업하고 5년째 되던 겨울, 아버님을 만나기 위한 여행을 떠나셨다. 뱃속에는 첫 손주가 자라고 있었고, 남편이 대학 졸업 후 다시 잡은 직장에서 대리로 승진하던 해였다. 어머니를 보내드린 뒤, 남편은 그럭저럭 잘 보내는 것 같았다. 적어도 내 눈에는 그렇게 보였다. 하지만 그게 아니라는 사실을 얼마 전에야 알게 되었다. 저녁 먹고 거실에서 TV를 보고 있다고 생각했는데, 어느 순간 찾아보면 남편이 보이지 않았다. 처음에는 화장실에 갔으려니 했다. 하지만 한참이 흘러도 남편은 나오지 않았다. 화장실에도 없고, 어디 갔는지 궁금해하며 찾아보다가 어머님 방을 열게 되었다. 혼자 웅크리고 앉아있는 남편을 발견하고는 '여기서 뭐하고 있어?'라고 물으면서 다가갔다가 발이 땅바닥에 붙은 것처럼 얼어버렸다. 어머니 영정사진. 곱게 한복을 차려입고 환하게 웃고 있는 어머니 사진을 부여잡고 있는 남편. 그랬다. 남편은, 남편은 아직 어머니를 보내드리지 못했던 것이다.

"여… 보."

따뜻하고 부드러운 목소리로 불렀지만 남편은 대답이 없었다. 혼자 아주 먼 곳에서 소리 없이 꺼져가고 있는 가로등 사이를 걷고 있었다. 무엇이라도 해주고 싶었지만, 조금의 위로라도 해주고 싶었지만, 해 줄 수 있는 것이 없었다. 두 손으로 가만히 어깨를 감싸 안아주고는 조용히 문을 닫고 나왔다.

'하긴. 나도 아직 어머님 얼굴이 생생한데. 작은방에서 문을 열고 나오시던 어머님 모습이 또렷하게 기억나는데… 당신은, 당신은 더하겠지….'

결혼식을 대학 졸업식으로 착각하신 어머님, 결혼식을 마친 후 내 손을 꼭 잡아주셨던 어머님, 끝나지 않는 영화의 엔딩 장면처럼 나는 그날을 잊어본 적이 없다. 단 하루도.

"선생님, 준범이 공부시킨다고 고생이 많으셨죠? 선생님, 정말, 정말 감사합니다."

심심한 27cm

　　　　　덕수궁 돌담길을 걸으며 먼저
내밀었던 남훈의 손은 따뜻했다. 남훈이 체크무늬 셔츠
를 입었는지 청바지를 입었는지, 내가 부담스럽게 높은
하이힐을 신고 나갔었는지, 분홍색 립스틱을 바르고 있
었는지 자세하게 기억나지는 않는다. 추운 날씨였다.
하지만 손난로를 지닌 것처럼 온몸으로 따스함이 퍼져
나가던 기억, 반들반들해진 마음이 빛이 되어 얼굴을
환하게 솟아오르게 만들었던 느낌은 아직 생생하다. 더
없는 행복감으로 설레었던 그날은 오늘도 추억의 서랍
맨 위에서 반짝거리고 있다.

　　　　　　　사랑합니다

"덕수궁 갈래?"

"덕수궁 같이 걸으면 헤어진다던데?"

"그거 조선시대 얘기인 거 알지?"

"그래? 그럼 요즘은 뭐라는데?"

"덕수궁을 같이 걸으면 결혼식장에 같이 들어간다."

"크윽… 누가 그런 소리를!"

"이남훈!"

서로의 눈을 바라보면서 아무렇지도 않게 던진 말이었다. 어느 한구석도 멋진 부분이 없었다. 하지만 그런 말도 안 되는 프러포즈를 받고 정확하게 9개월 후, 남훈의 예언대로 우리는 결혼식장에 같이 들어갔다. 결혼 발표 소식에 친구, 동기들의 반응은 예상했던 그대로였다. 우리는 각자의 친구들에게서 전혀 다른 조언을 한참 동안 들어야 했다.

"아직 젊은데 뭘 그렇게 서둘러?"

"남훈아. 세상의 절반이 여자야. 너무 빠르지 않냐?"

"이남훈, 생각보다 순정파였네!"

"주변에서 그러잖아. 괜히 빨리해서 후회하지 말고 좀 더 즐기다가 늦게 결혼하는 게 낫다고…"

"요즘은 일부러 결혼식을 늦게 하는데, 굳이?"

남훈이 친구들로부터 걱정과 우려에 가득 찬 얘기를 듣고 있을 때 나 역시 방향만 다를 뿐, 사정은 비슷했다.

"지연아. 좋겠다!"

"남훈이 결혼한다고 하면 여럿 울겠는걸?"

"키도 크고, 잘 생기고, 거기에 직장까지… 혹시 나중에…."

"지연아, 마음 바뀌기 전에 얼른 아기부터 낳아서 딱 붙들어 놔!"

"하여간 신기한 일이야. 185cm와 158cm의 만남이라니. 키 큰 남자가 키 작은 여자 좋아한다는 얘기 듣기는 했지만, 그런가 보다 했지, 설마 내 주변에서?"

이런저런 추측, 드라마, 영화에서 보았던 결말과 함께 걱정인지 아닌지를 구분할 수 없는 조언을 잔뜩 들어야 했다. 잘 되기를 바라는 마음이겠지만 불안한 얘기를 늘어놓는 모습에 가끔 몸에서 힘이 빠지는 느낌도 있었다. 하지만 남훈을 떠나보내고 후회하고 싶지 않았다. 온몸으로 차오르는 설렘을 놓치고 싶지 않았고, 불완전한 기분으로부터 도망치는 것도 싫었다.

27cm.

처음에는 신경이 많이 쓰였다. 자세하게는 모르겠지만, 남훈 역시 신경을 쓰는 눈치였다. 몸도 길고, 팔도 길고, 다리도 긴 남훈. 내밀어 준 손을 조심스럽게 붙잡았을 때 새끼손가락이 가장 먼저 잡혔다. 남훈도 당황했고, 나도 당황했다. 붙잡은 손을 남훈의 점퍼 속으로 밀어 넣은 채 낭창낭창하면서도 야무진 걸음을 약속하고 싶었지만, 약간의 어색한 포즈로 인해 걸음걸이는 금세 이상해졌다. 아무렇지도 않은 척 각자 다른 곳을 바라보며 걸었지만, 보이지 않는 속도로 마음이 우왕좌왕했다. 사실 아무렇지도 않게 넘길 수도 있었다. 하지만 27cm를 인식하는 계기였고, 그로 인해 앞으로 생겨날 이름 없는 불안감을 떠올리는 일은 그리 어렵지 않았다. 같이 걸을 수 있을까. 손을 붙잡고 걸을 수 있을까. 함께 할 수 있을까. 어색하게 잡은 두 손을 놓지 않은 채 우린 한참을 말없이 걸었다. 그날 이산화탄소는 과다 배출되었고, 산소는 부족했다. 마땅한 말을 찾지 못한 채, 필연인지 우연인지를 떠올리며 각자의 생각 속에 빠져 있다가 헤어졌었다.

남훈을 다시 만난 것은 학교를 졸업하고 4년쯤 지났을 때였다. 흔한 말로 캠퍼스 커플이 될 뻔했지만 남훈은 군대를 갔고 그 이후로 소식이 끊겼다. 나는 졸업 후 앱 개발회사 업무를 배운다고 정신없을 때였다. 졸업 후 첫 동창회가 열렸고, 서울로 취직해서 떠났던 남훈이 아버지 생신에 맞춰 내려왔다며 동창회에 모습을 나타내었다. 여전했다. 특유의 장난기 가득한 서글서글한 눈매, 마음의 빗장을 열게 만드는 보조개, 장난 가득 '우리 캠퍼스 커플 할래?'라고 물어왔을 때의 표정까지, 남훈은 모든 것이 그대로였다. 시간은 나에게로만 흘러들었던 모양이다.

"일은 할 만해?"
"그럭저럭."
"서울 생활 어때?"
"그럭저럭."
"여전하구나…."

사랑합니다

"너도 여전해."

잘게 나누어진 조각이 허공 속에서 퍼즐을 맞춰나가고 있을 때, 남훈이 전화번호를 물었다.

"심심할 때… 문자 보내도 돼?"

잠깐 망설이다가 아무렇지도 않게 대답했다.

"그렇게 해. 나도 심심하면 문자 줄게."

심심한 질문과 심심한 대답으로 27cm 연애는 다시 심심하게 시작되었다.

덕수궁 돌담길에서 말도 안 되는 프러포즈로 끝날 때까지.

적당히 심심한 문자를 몇 차례 주고받은 후였다. 그날 우리는 처음이자 마지막으로 심심하지 않은 전화를 주고받았다. 회식을 마치고 적당히 술을 마신 남훈은 심심한 이야기를 건넸다. 의미를 품은 것 같지 않은 남훈의 말에 동창들과의 와인 한 잔에 마음이 조금 들떠 있던 나 역시 부담스럽지 않게 받아치고 있었다. 그러다가 자세한 내막은 기억나지 않지만 구두 한 짝을 잃어버린 신데렐라 얘기가 나왔고 급기야 디즈니의 왕자와 공주가 등장해 상상력을 발휘하며 둘 사이를 뛰어다니고 있었다. 깔깔거리며 웃다가 잠시 침묵하기를 몇 차례. 어느 순간 정신을 차렸을 때 내 의지와 상관없는 낱말이 안전장치도 없이 저편으로 날아가고 있었다.

"나는 구두 숨겨놓고 왕자 기다리는 신데렐라 아니거든!"

'아! 이거 아닌데.'

원하던 그림이 아니었다. 당황한 탓일까. 나도 모르게 서둘러 전화기를 꺼버렸다.

무슨 정신으로 그런 말을 했는지 지금도 잘 모르겠다. 하지만 다음 날 아침 정신을 차리고 혼자 발을 동동 구르며 후회했던 기억은 아직까지도 생생하다. 남훈에게 왜 그런 암호 같은 말을 했을까, 나를 어떻게 생각할까. 괜한 오해하게 만든 건 아닐까. 하긴 오해라는 것도 없었겠지만. 하루 종일 전화기만 계속 만지작거렸다.

아무렇지도 않게 먼저 문자라도 보내는 게 나을까? 아무렇지도 않은 척.

'심심한 아침, 굿모닝?'

심심한 아침, 아무래도 이번만큼은 심심한 아침이라

사랑합니다

고 할 수 없었다.

'어제 과음했던 것 같은데, 너 괜찮아?'

과음한 사람이 나였는지, 너였는지 분간이 가지 않는데 너라고 해도 될까 싶었다.

'어제 농담인 거 알지?'

무슨 정신으로 보냈는지 모르겠지만, 술김에 괜한 소리를 한 건 맞으니까 이게 나으려나?

'웃자고 한 얘기했는데 오해하지 마.'

27cm의 미련, 27cm의 부담, 27cm의 그리움이 한데 어우러져 주위를 떠나지 못하고 뱅글뱅글 돌고 있었다. 어떤 것도 적당하지 않았다. 그럴 바에는 차라리 어떤 표정도 드러내지 않는 게 낫다는 생각이 들었다.

다음날도, 그 다음날도 아무 연락이 없었다. 의도를 가지고 했던 행동은 아니었지만 내가 던진 말에 대해 어떤 행동이나 대답이 없다는 사실은 답답했다. 무슨 마음으로 그런 말을 내뱉었는지 스스로도 알지 못하면서 문자나 전화가 없는 남훈이 원망스러웠다. 정신이 나간 사람처럼 먼저 전화를 넣어볼까 생각도 했었지만, 그럴 용기까지는 없었다. 혹시라도 전화 오는 소리를 듣지 못할까 봐, 답장을 받지 못할까 봐 핸드폰을 자석처럼 몸에 붙이고 다녔다. 딱 일주일이 흘렀을 때였다. 월요일 아침, 출근 준비를 서두르고 있는데, 심심하게 부호화된 낱말이 심심한 속도로 저공비행하며 날아들고 있었다.

"나는 여왕의 나라를 차지하고 싶은 한스가 아니야. 안나를 지켜주던 크리스토프가 되고 싶은 거지. 바.보."

남의 편 아니고 내 편

「몸이 아프면 모든 것이 힘들고 귀찮아지는 것 같더라. 내 몸 챙기는 것이 가장 먼저인 것 같다. 몸 잘 챙겨.」

세상에 이런 친절한 사람이 없다. 허리가 아픈 페이스북 친구에게 남기는 댓글은 지금까지 만나보지 못한 남편이었다.

서울에서 길을 잃고 방황하는 여자 후배에게는 하늘에서 내려온 약간 뚱뚱한 천사였다.

「고생 많지? 나도 예전에 길을 잃어서 고생한 적이 있었어. 늦게 도착해서 얼마나 당황했는지. 열심히 살아가는 모습이 보기 좋아. 참 예뻐.」

　놀라움은 거기서 끝나지 않았다. 후배의 결혼식에 남긴 축하 인사는 기절초풍이라는 단어를 떠올리기에 충분했다.

「축하한다. 살다 보면 가끔 힘든 날도 있지만, 그래도 어두운 길을 혼자 걷지 않는다는 것에 위로가 되는 날이 더 많았던 것 같다. 결혼 축하하고, 잘 살아라.」

　정말 이 사람이 내가 함께 살고 있는, 이십 년 동안 같은 이불을 덮고 살아가는 사람인가 싶었다.

　남편에게 페이스북을 가르쳐준 사람은 나였다. 친구들과 소식을 나누는 것도 즐겁고, 간혹 잘 모르는 페이스북 친구와 댓글을 주고받는 재미가 쏠쏠했다. 매일 신문만 보고, 핸드폰으로 뉴스만 찾아보는 남편에게 이번 기회에 한번 SNS를 배워보라고 적극적으로 추천해준 사람이 나였다.

　"페이스북, 이거 생각보다 재미있어. 페이스북에 친구가 늘어나는 것도 좋고. 또 댓글을 달아주면 기분도 좋아지고."

　SNS에 대해 별로 관심 없었던 남편은 그렇게 페이스

북에 가입하게 되었다. 처음에는 슬쩍, 슬쩍 읽고 지나
가는 분위기였다. 한 달쯤 지났을까. 내가 올린 페이스
북에 '좋아요'를 눌러주었다.

'이 사람, 페이스북이 영 싫지는 않은 모양이네.'

혼자 그런 생각을 하면서 지켜보고 있었는데, 남편의
발전은 실로 놀라웠다. 친구들과의 모임 얘기, 초등학
교 동창회, 대학 동창들과 떠난 여행 소식에 대해 '좋아
요'에서 끝날 줄 알았는데, 남편은 댓글과 서서히 친분
을 쌓아가기 시작했다.

「좋은 시간이었네.」

「좋은 여행이었네.」

「좋아 보이네.」

남편의 아주 짧은 댓글에 친구들 반응은 대단했다.

"지희 남편 정말 다정다감해."

"누구는 진짜 시집 잘 갔어."

"와이프 페이스북에 댓글 달아주는 남편… 누가 있
어?"

"그러니까…."

"우리 남편은 일부러 모른 척하던데…."

"그러면 다행이지? 우리 남편은 거긴 또 언제 갔냐고 묻는데… 완전 깜짝 놀랐어."

"내 친구도 남편 눈치 보여서 페이스북 안 한다던데…."

"그런 거 보면 부부끼리는 페이스북 서로 안 보는 게 나은 것 같기도 하고…."

친구들과 남편의 페이스북 반응에 대해 이야기를 나누는 동안 잠깐이지만 기분이 좋았다. 어떻게 표현하면 적당할까. 나는 이 정도 대접은 받고 살아, 나는 남편에게 이런 사람이야, 아니 이 정도는 기본이지, 이런저런 생각과 함께 기분이 나쁘지 않았다. 물론 남편이 페이스북의 친구와 후배에게 남긴 댓글을 발견하기 전까지는.

「몸이 아프면 모든 것이 힘들고 귀찮아지는 것 같더라. 내 몸 챙기는 것이 가장 먼저인 것 같다. 몸 잘 챙겨.」

「고생 많지? 나도 예전에 길을 잃어서 고생한 적이 있었어. 늦게 도착해서 얼마나 당황했는지. 열심히 살아가는 모습이 보기 좋아. 참 예뻐.」

「축하한다. 살다 보면 가끔 힘든 날도 있지만, 그래도 어두운 길을 혼자 걷지 않는다는 것에 위로가 되는 날이 더 많았던 것 같다. 결혼 축하하고, 잘 살아라.」

목욕탕에서 미끄러지면서 다리를 다쳐 고생한 적이 있었다. 친구와 함께 동시에 넘어져 둘 다 몇 달 동안 집 밖으로 나오지 못했다. 친구 남편이 몸도 아픈 사람이 집에서 무슨 요리를 하냐며 맛있는 음식을 사 오거나 외식을 권할 때, 남편은 집 밥이 최고라는 생각을 끝내 포기하지 않았다. 자기는 김치만 있으면 밥 먹는 사람이라며, 대충 먹으면 된다고 했다. 거기서 끝났으면 얼마나 좋았을까. 김치만으로 밥 먹는 사람을 곁에 두고 있는 나에게 "당신은 행운아야."라는 한 마디를 덧붙이는 순간, 간신히 붙잡고 있던 지푸라기마저 놓친 기분이었다. 남편은 평생 이해하지 못할 것이다. 가슴에 품고 있던 것이 밑바닥으로 쿵 하고 떨어진 것 같은, 애초에 존재감이라는 것이 없었던 게 아닐까라는 의심으로 마음 복잡한 날을 보냈다는 사실을 모를 것이다. 남편에게 도움을 요청하는 것도, 아프다는 얘기를 하는 것도 쉽지 않았다. 다리를 다쳤다는 것, 붕대를 감고 생활한다는 것을 기억 저편에 던져놓은 듯한 모습을 보면서 처음으로 내가 남편을 잘 모르고 있다는 생각이 들었다. 거기에 페이스북 댓글 사건이 터진 것이다.

「참 예뻐」라는 댓글에서 눈을 떼지 못했다. 내가 이날 아침에 뭘 잘못 챙겨주었나, 혼자 생각했다. 20년 전, 커피숍에서 프러포즈를 하면서 들었나? 큰 아이 임신 소식을 전했을 때였나? 이미 나도 들었던 말이라고 기억을 더듬어보지만, 도무지 떠오르는 장면이 없었다. 지난번에 수원에서 지하철을 잘못 타서 고생했다는 얘기를 전했을 때, 남편은 건조한 단어를 무심하게 던졌다.

"좀 잘 보고 다녀."

그랬던 남편이 후배의 결혼을 축하하는 댓글에는 정성 가득했다.

「어두운 길을 혼자 걷지 않는다는 것에 위로가 되는 날이 더 많았던 것 같다.」

절정이었다. 당황스러웠다. 남편이 복수 전공을 했었나, 요새 따로 글공부를 하고 있나, 심경의 변화가 생겼나, 남자도 갱년기가 온다는데, 벌써 갱년기인가, 별의별 생각이 다 들었다. 지금까지 내가 알고 있는 남편은 「좋은 시간이었네, 좋은 여행이었네, 좋아 보이네」였다. 그랬던 남편이 햇살 가득한 봄날 같은 표현을 아무렇지도 않게 하고 있다. 남편은 내가 자신의 페이스북 댓글을 봤다는 것도 모르는 눈치이다.

며칠째 고민이 깊다. 말을 해야 하나, 말아야 하나. 말을 안 하려니 억울하고, 달랑 댓글 몇 개 읽고 얘기한다고 핀잔을 줄까 봐 이러지도, 저러지도 못하고 있다. 퇴근하는 남편을 볼 때마다 정리되지 않은 생각 탓에 마음이 복잡해진다.

'나한테 쓴 댓글이랑 다른 사람들한테 쓴 댓글이 왜 그렇게 달라?'

'요새 당신 갱년기야?'

'댓글, 진짜 당신이 쓴 거 맞아?'

'그 후배 진짜 예뻐?'

'아닌데… 아닌데… 보다 근사하고 결정적인 멘트가 필요한데….'

그래, 이게 좋겠다.

'남의 편 아니고 내 편 맞지?'

괜찮다고 하기는 했지만

　　　　　　　　　　　"라이더? 라이더는 어떤 회사
인데?"

　그래도 이름만 대면 알아주는 대학의 캠퍼스 커플이
었다. 아니 지금도 여전히 만남을 이어가고 있으니 '캠
퍼스 커플이다'가 더 정확하겠다. 높은 성적표와 거창한
자격증은 없어도 스스로에 대한 자신감과 당당함, 무엇
보다 연봉 높은 회사를 고집하지 않았기에 쉽게 취업될
줄 알았다. 하지만 시간은 흘렀고 인정하는 것이 쉽지
않은 형태로 연달아 불합격 통지를 받았다. 모호한 원
인과 그에 비하면 너무나 선명한 결과를 마주하면서 세

　　　　　　사랑합니다

상은 호락호락하지 않다는 말에 익숙해져야만 했다.

은수 선배는 면접에서 계속 떨어졌다. 처음에는 서류 심사도 쉽지 않았다. 하지만 어느 순간부터 '서류는 어떻게 되는 것 같아'라는 쪽으로 흘러갔다. 문제는 면접이었다. 면접을 앞두고 일주일 동안 미역국은커녕 '네 이름이 무엇이니'라며 국물이 있는 쪽으로는 고개도 돌리지 않았다. 하지만 그런 노력에도 불구하고 결과는 달라지지 않았다. 은수 선배와 함께 입사 준비를 한 동기 중에서 합격 문턱을 넘는 사람이 하나, 둘 생겨나기 시작했다. 친구들을 통해 어쩔 수 없이 전해 듣게 된 소식은 최대한 빠른 속도로 반대쪽 귀로 내보냈다. 모른 척한다고 해서 달라지는 것은 없었지만, 아무것도 모르는 사람처럼 만나고 싶었다. 그렇게 해야만 할 거 같았다. 괜찮다고 말하지만 의기소침해지지 않을까 걱정되었던 것도 사실이다. 다행히 은수 선배는 잘 견뎌주는 것 같았다. 지난 주말에 만났을 때도 그랬다. 괜찮다는 말과 함께 아무렇지도 않은 척, 크게 걱정하지 않는 사람처럼 나를 안심시키려는 말을 여러 번, 자주 강조했다.

"걱정 마. 잘 될 거야."

"젊어서 고생은 사서 하라고 했잖아."

"누가 나보고 그랬어. 대기만성형이라고."

은수 선배는 법인세, 부가세, 종합소득세 신고로 3월부터 지금까지 계속 야근을 이어나가고 있는 나를 위로했다.

"많이 힘들지?"

"괜찮아… 3월부터 5월까지는 늘 이랬잖아. 법인세 결산 끝내고 부가세, 마지막으로 개인사업자 소득세 신고하고 나면 그때부터는 좀 숨 쉴 수 있어."

"힘들겠다… 조금만 힘내… 나도 열심히 알아보고 있어. 얼른 취직하고, 돈 모아서 빨리 결혼하자… 나 믿지?"

"그럼. 믿지."

"잘 될 거야. 너무 걱정 마."

"우리… 잘 살아갈 수 있겠지?"

"걱정 마라니까. 나만 믿어. 잘 될 거니까."

생각했던 것보다 은수 선배에게 힘을 실어줘야 한다는 마음이 제법 무거웠던 모양이다. 가만히 어깨를 토닥이던 선배가 나를 안아주는데 갑자기 심장이 푹 내려 앉는 느낌이었다.

'선배… 우리… 정말 잘 살 수 있을까?'

　부모님들께 약간의 도움을 받아 결혼식을 올릴 생각이었다. 전세로 시작해서 일 년 정도 일을 한 후, 둘 다 직장 대출을 받을 계획이었다. 캠퍼스 커플로 지내면서 우리는 캠퍼스가 아닌 결혼에 대해 자주, 많이 얘기했었다. 같은 집에서 출, 퇴근하고 좋은 곳 함께 여행 다니고, 맛있는 거 먹으면서 함께 늙어가자는 말을 캠퍼스에서 3년, 졸업하고 15개월째 계속 이어오고 있다. 앞이 보이지 않는 답답함에도 내색하지 않고, 아무렇지도 않은 척 서로의 마음을 살피면서 부담을 주지 않기 위해 애쓰면서 말이다. 그런데 낮에 문자가 온 것이다.
　"축하해 줘! 나 취직했어. 이따 저녁에 거기서 만나."

　"라이더? 라이더는 어떤 회사인데?"
　"회사? 어떤 회사라고 설명하면 될까? 그런 거 있잖아. 푸드 세상에 음식 주문하면 음식을 배달해 주잖아. 그런 사람을 라이더라고 하거든…."
　갑작스럽게 더워진 날씨에 시원스럽게 목구멍 속으로 내달리던 아이스 아메리카노가 순간 돌덩이가 되어

260

입안에 차곡차곡 쌓이는 느낌이었다.

"어? 그러니까… 음식 배달하는 사람?"

"보통 그렇게 알고 있는데 음식 배달하는 사람이라기보다는 정확하게 표현하면 사업가라고 할 수 있어. 음식 배달하는 사업가."

"사업가?"

"요즘 집에서 배달해서 먹는 사람 많잖아. 그래서 라이더가 많이 필요해지고 있고, 다시 말해 시장이 확장되고 있다는 얘기지."

"그래도…. 결국 배달하는 사람이잖아. 짜장면 배달하겠다는 거잖아…."

"아니야. 이건 그렇게 단순한 문제가 아니야. 수요가 있는 곳에 시장이 만들어지는 거야. 배달하는 문화가 형성되기 시작했고, 이용하는 사람들이 많아지고 있어. 다시 말해 사업 기회가 있다는 얘기지. 그게 중요하거든."

"그렇게 볼 수도 있겠지만, 그래도…."

"일도 깔끔해. 건당 수수료를 받는 형식인데, 그러니까 내가 뛴 만큼 수입이 생기는 방식이야. 정확하고 좋잖아?"

사랑합니다

"…"

"라이더는 얼마나 노력하느냐에 따라 수입이 결정되는 시스템이야. 얘기했잖아. 이건 자기 사업이라고. 일을 하면서 열심히 배워 나도 업체를 하나 운영해보고 싶어."

"그… 래?"

복잡한 마음을 어떻게든 추슬러서 축하를 해줘야 하는데, 목구멍에 걸린 돌덩이를 잘게 부수는 일이 쉽지 않았다. 차라리 이런 얘기를 듣지 않았으면 얼마나 좋았을까라는 생각이 머릿속을 쑤시고 다녔다. 목구멍 속으로 억지로 돌덩이를 밀어 넣으면서 혼자 소리쳤다. 부서져라. 부서져라. 어서. 어서. 이런 속마음을 알지 못하는 선배는 의지를 다지기 위함인지, 나를 안심시키기 위함인지 시선을 맞추며 계속 말을 이어나갔다.

"얼마나 많은 플랫폼에 접속되어 있고, 콜을 얼마나 잘 따느냐의 문제가 관건이기는 하지만, 그래도 하다 보면 요령이 생길 것 같아. 다들 자기관리 열심히 하셔. 나도 그러려고. 체력적인 것도 그렇고, 시간 활용하는 것도 그렇고… 진짜 이건 사업이야… 사업…"

"선배?"

"응?"

"선배… 좋은 대학 나왔잖아… 다른 사람들처럼 회사 다니면 안 돼? 그냥… 좀 더 알아보고 회사에 취업하는 게 낫지 않을까? 이번에 서류 넣은 곳도 있다고 했잖아?"

"… 알잖아… 요즘 취업 쉽지 않은 거. 불경기, 불경기 하는데, 정말 쉽지 않은 것 같아. 그리고 무엇보다 평생 이 일을 하겠다는 게 아니야. 경험도 쌓고 인생 공부도 하고. 젊을 때 고생은 사서도 하라고 얘기했잖아. 공부라고 생각하면 충분히 해볼 가치가 있는 것 같다고 생각해."

"오토바이 타고 다니던데… 위험해 보여… 사고 날까 걱정도 되고…"

"알아, 알아, 네가 뭘 걱정하는지. 걱정하지 마. 조심 할게. 정말이야, 정말이라니까."

"계속… 할 거 아니지?"

"그래… 일하면서 배우고, 계속 공부도 해 나가면서 다른 일을 하게 될 수도 있어. 너무 욕심내지 않고 열심 히 해볼게. 정말이야."

사랑합니다

"응…."

"아무 걱정 하지 말고, 믿어… 나 믿지?"

은수 선배는 어려운 이야기가 나오면, 적당한 출구가 보이지 않는 상황이 벌어지면, 잠시 뒷머리를 긁적이다가 손으로 안경을 밀어 올리면서 진지한 표정으로 질문을 던지는 버릇이 있다. 지금처럼.

"나… 믿지?"

그러고는 그 단어 뒤로 숨은 막막함을 외면할 수 없었는지 서둘러 마무리를 한다.

"내가 열심히 할게. 정말이라니까. 나 믿어줘."

나는 선배가 어떤 의미로 그 말을 하는지 잘 알고 있다. 인생이 자신의 이마에 툭 던진 과제 속으로 뚜벅뚜벅 걸어가겠다는, 뒤돌아서서 도망치지 않겠다는 선언이라는 것을 알고 있다. 둘이 같이 술을 많이 마셨던 어느 날, 선배는 내게 프러포즈라고 할 수 없는 청혼을 했고, 나는 나도 모르게 입가로 퍼지는 미소와 함께 환하게 웃는 것으로 대답을 대신했다.

"나 이은수는 어떤 상황에서도 도망가지 않을 것이며, 나 이은수는 부끄럽지 않은 사람으로 주어진 인생

을 살아갈 것입니다. 나 이은수는 허은혜만 믿어주면
그 믿음 하나로 세상 끝까지 갈 수 있는 사람입니다. 허
은혜는 이은수를 믿고 평생을 함께 하겠습니까?"

"네… 나 허은혜는 이은수를 믿고 평생을 함께 할 것
입니다."

매일 늦은 시간까지 도로를 달릴 선배를 생각하면 마
음 한구석을 바늘로 쿡쿡 찌르는 것처럼 어질어질하다.
뉴스에서 사건, 사고 소식이 들릴 때마다 다리가 후들
거릴 생각에 '그래도… 그거 말고 다른 거 하면 안 될
까?'라는 말이 계속 입안에서 방황하고 있었다. 꿀꺽 침
을 삼키면서 새어 나오려는 말문을 서둘러 틀어막았다.

'나라도, 나라도 믿어줘야지.'

'나라도 잘 될 거라고 얘기해 줘야지.'

'조심해서 잘 해낼 거야. 무리하지 않는다고 했잖아.'

'믿어줘야지… 내가 이러면 안 돼.'

아파트 정문 앞에서 아무렇지도 않은 척, 괜찮은 척
애써 밝은 웃음을 내보였다. 아주 멋진 여자 친구처럼
달콤함과 고마움을 전하는 인사도 놓치지 않았다.

"선배, 나 선배 믿어. 허은혜는 이은수를 믿어. 데려다줘서 고마워. 조심해서 가. 집에 도착하면 문자 넣을게."

"얼른 들어가. 들어가는 거 보고 갈게."

"그럼… 나 먼저 들어갈게."

"얼른 들어가. 얼른….."

"응."

홀로 서 있는 은수 선배를 뒤로한 채, 여느 때보다 어둡게 느껴지는 아파트 정문을 향해 걸음을 움직였다.

쌩….

급한 주문인지 배달 오토바이 하나가 바람을 가르며 지나간다.

순간적으로 몸이 멈칫했다.

이해한다는 것

괜찮다고 했지만 그리 괜찮지 않았던 날의 서사 ⓒ윤슬, 2021

초판 1쇄 | 2021년 02월 15일

지은이 | 윤슬
발행인 | 김수영
편집·디자인 | 부카
　　　　　발행처_ 담다
　　　　　출판등록_ 제25100-2018-2호
　　　　　주소_ 대구광역시 달서구 조암로 25 6층
　　　　　메일_ damdanuri@naver.com
　　　　　문의_ 070-7520-2645

ISBN 979-11-89784-09-6 [03810]